新雅
名著館

莎士比亞故事

原著　莎士比亞〔英〕
撮寫　劉小玲

新雅文化事業有限公司
www.sunya.com.hk

世界名著 —— 啟迪心靈的鑰匙

文學名著，具有永久的魅力。一代又一代的讀者，曾從中吸取智慧和勇氣。

面對未來競爭性很強的社會，少年兒童需要作好準備，從素質的培養、性格的塑造、心理承受力的加強、思維方式的形成、智力的開發，以及鍛煉堅強的意志，都是重要的課題。家庭教育的單調、學校教育的局限、社會教育的不足，使孩子們面對許多新問題感到困惑。而文學名著向小讀者展現豐富的世界，通過書中具體的形象、曲折的情節，學會觀察人、人與人的關係，和錯綜複雜的社會矛盾。可以說，文學名著是人生的教科書，它像顯微鏡一樣，照出人的內心世界和感覺。通過書中人物的命運，了解社會，體會人生，不知不覺地得到啟迪心靈的鑰匙。而名著中文學的美，語言的美，更是滋潤心田的清泉。

然而，對於年紀尚小的讀者來說，這些作品原著的篇幅有些長，這套縮寫本既保留了原著的精髓，又符合小讀者的能力和程度，是給孩子開啟文學大門的最佳選擇。

著名兒童文學作家
冰心獎評委會副主席　　葛翠琳

　　莎士比亞的戲劇原著是詩劇，文字非常優美，不過比較深奧，而且篇幅比較長，18世紀時英國的作家梅麗・蘭姆和查理・蘭姆把它改寫成散文體的「莎士比亞的故事」，一方面使它通俗易懂，另一方面仍盡可能保持原著的精闢語言。本書也盡量把原著美麗的語言保留下來。

　　本書輯錄了其中四個廣為人所知的故事，這些故事具有較高的文學價值和深刻的社會意識，包括：

　　《王子復仇記》是莎士比亞所寫的「四大悲劇」之一。故事細緻地刻劃了皇室間的鬥爭，其中王子猶豫不決的個性最令人印象深刻。

　　《羅密歐與茱麗葉》講述了一對相戀的青年男女，因家族仇恨而產生的一段令人無法想像的愛情故事。戲劇中悲喜情節來回穿梭，牽引讀者的情緒。

　　《奧賽羅》是一部主題多樣的作品。而種族問題是影響劇情的重要關鍵。

　　《威尼斯商人》以喜劇手法歌頌仁愛、友誼，同時也諷刺了社會上的高利貸者。

　　莎士比亞寫的雖然是當時的社會，但對現在的讀者來說，仍有積極的閱讀意義。

~ 目錄 ~

王子復仇記

羅密歐與茱麗葉

奧賽羅

威尼斯商人

王子復仇記

一、鬼魂出現

丹麥王國的艾爾西諾城堡正被愁雲慘霧籠罩着。兩個月前，舉國擁戴的國王老哈姆雷特猝然去世了。據說是在御花園不慎被毒蛇咬死的。

更讓人覺得奇怪的是，國王的葬禮兩個月後，他的胞弟——克勞狄斯不但加冕登基，而且還與原王后，他的親嫂子結為夫婦。於是，國喪的哀樂馬上被加冕與婚慶的樂曲淹沒了。舉國上下都被一種猜疑的不安情緒困擾着。

最痛苦的當然要數王子哈姆雷特了。隨着親愛的父王的溘然去世，他心中的偶像突然倒塌了；而母后的可恥失節，更讓他覺得世界在頃刻之間變成一個長滿毒草荊棘的**荒蕪**[①]的花園。

他從就讀的德國奔喪歸來，終日被痛苦折磨着。

[①]**荒蕪**：土地因無人管理而雜草叢生。

王位的失去固然是一個刺骨的創傷，但母親如此卑賤地投入叔父的懷抱，這恥辱如毒牙一般日夕啃齧着他年輕的心。儘管王后和國王都想盡辦法讓他快活起來，但沒有成功。雖然聽說父王是被毒蛇螫死的，但哈姆雷特卻敏銳地察覺到，這條毒蛇可能就是他的叔父。克勞狄斯為了要當國王才把自己的親兄毒死的。但母親呢？她有參與這個謀殺嗎？她知不知情？

正當哈姆雷特被這些疑問困惱得心神不定之際，他的好朋友，同在德國留學的同學霍拉旭來看望他，身後還跟着兩位守城的軍官。他對周圍掃視了一下，然後走近哈姆雷特，神秘地說：「殿下，我昨晚看見他了。」

「看見誰？」哈姆雷特莫名其妙。

「我看見你的父王。」霍拉旭把兩位軍官招過來，「他們可以為我作證。」

這消息太突然了，哈姆雷特緊張地盯着朋友臉上每一絲細微的表情，極力按着自己快要蹦出胸膛的劇烈跳動的心。

「前兩晚，這兩位朋友，馬西勒斯和勃那多，說

午夜在城堡守望時，在鐘敲過十二下後，便看到一個全身披甲的鬼魂出現，模樣與你父親一模一樣。開始我不相信，昨夜特地陪他們一起守望，果然一點不假。」

「他和你們說話了嗎？」哈姆雷特緊張得聲音都顫抖了。

「沒有。但有一次他好像要開口，忽然晨雞啼唱，鬼魂就立即杳無蹤影了。」

怪聞讓哈姆雷特震驚異常。以前，他也聽過這類傳說，如今父親披甲顯靈，說不定是為揭露那罪惡的秘密，特地來指點迷津的。

王子決定當晚參加守城。

這是一個極冷的夜晚。凜冽的寒風吹過灰白的城垛，發出淒厲的嘯聲。冰涼的星星在森森的蒼穹上閃着寒光。一彎冷月在灰濛濛的雲海中乍藏還露，月光照耀下的城頭如墳墓般沉寂。

鐘樓的鐘剛敲過十二下，一陣輕風從灰雲中沙沙掠過，城頭頓時飛沙走石，躲在高台下的哈姆雷特和

霍拉旭、馬西勒斯感到一陣切骨的寒冷。

「瞧，殿下，他來了！」霍拉旭抓着哈姆雷特的手臂，注視着一塊飛奔而來的黑雲。

隨着一陣可怕的呼嘯聲從天而降，翻滾的彤雲裏掙扎出一個幽靈般的人影，飄飄悠悠，悄然無聲地落到城頭上。他全身穿着青銅鎧甲，慘白的臉上，悲哀把憤怒蓋過了，烏黑的鬍鬚夾雜着幾縷銀鬚。那雙帶血的眼睛目光炯炯，「啊，父王！」哈姆雷特差點失聲叫了出來。

知識泉

鎧甲：古時戰士所穿的護身鐵甲，鐵做的稱「鎧」；用皮做的稱「甲」。鎧甲是指皮製的戰衣，上面綴有鐵片用以保護身體。

鬼魂似乎已察覺到有人存在，木然地一步一步地走過來。

「父親，尊嚴的丹麥先王！」哈姆雷特竭盡全身力氣呼喊：「父親，請回答我！」

毫無反應的鬼魂突然慢慢舉起臂膀，揚了兩下。

受到招喚的哈姆雷特站了起來，卻被好友拉住。「殿下，不能去！説不定他把你引到懸崖絕境，才露出猙獰面目，那可怎麼辦？」霍拉旭哀求道。

可是，王子此刻心中沸騰着的渴望已把驚恐壓了下去，全身每一根微細的血管都變得像怒獅的筋骨一樣堅硬。他不顧勸阻，掙開朋友的手，飛一般地隨鬼魂而去。

當鬼魂與哈姆雷特單獨相對時，他開口說話了。他說他就是老哈姆雷特的鬼魂，他是被人下毒手害死的。正像哈姆雷特深深懷疑那樣，是他的親弟弟克勞狄斯為了霸佔他的王位和妻子，在一天午後，他在花

園裏睡覺的時候，偷偷走到他身邊，把青草汁注進他的耳朵裏。那毒汁是要人命的，它像水銀一樣流進他的血管裏，把血燒乾，使他全身的皮膚長起一層硬殼似的癩。然後奪去他的生命、王位和王后。

　　「兒子，如果你確實愛你的

父親，你一定要替他復仇，要懲罰那個卑污的兇手！」鬼魂轉而又哀歎道：「你的母親無疑是墮落的，她背叛了同她丈夫的恩愛，嫁了謀殺他的人，但你在報復那個篡位者時，千萬別去傷害她吧。把她留給上天去裁判，讓她的良心去復仇！」

哈姆雷特對鬼魂堅定地點了點頭，接受了這個沉重的使命。

這時，遠處響起了清亮的雞啼聲，黑夜隨着濃霧漸漸消褪了，哈姆雷特像一座雕像般佇立在曙光微露的高台上，目光呆滯，形影孤單地望着天空。

∽ 二、復仇計劃 ∽

「出了什麼事？殿下。」霍拉旭氣吁吁地和同伴跑上高台，急於想知道國王顯靈的秘密。

經歷了這一次強烈的痛苦，哈姆雷特驟然蒼老了許多，在鬼魂辭別後，他已理清了陰謀的來龍去脈，也訂好了一個嚴密的復仇計劃。此刻，他要站在他面前的霍拉旭和馬西勒斯對昨晚看到的一切，都要絕對保守秘密。

朋友們按着寶劍莊嚴起誓，但哈姆雷特卻對鬼魂的秘密守口如瓶。他兩眼噴着憤怒的火燄，充滿悲憤地說：這是一個混亂顛倒的時代，自己一定要負起重整乾坤的責任，為父親報仇雪恨。

御前大臣波洛涅斯有兩個子女，大兒子雷歐提斯正在法國讀書，小女兒奧菲利婭一直與哈姆雷特真誠相愛着。

奧菲利婭美麗善良，一雙明亮的大眼睛像海水一

樣湛藍，一顆溫柔而純潔的心像水晶般透明。本來，她與英俊威武的王子是天生的一對。但老於世故的波洛涅斯察覺到新國王不喜歡哈姆雷特，便以身份懸殊為藉口，阻止女兒繼續與王子來往。奧菲利婭為此陷入痛苦的深淵裏。

雖然奧菲利婭已把王子給她的情信退還了，但他對她真摯的愛情與盟誓，卻時時出現在腦際，讓她對往事產生甜蜜而淒涼的回憶。

這一天，奧菲利婭正在家裏做針線，因為精神恍惚，怎麼也做不下去了。這時，隨着一陣腳步聲，一個衣冠不整的男人出現在她眼前。他頭髮蓬亂，面色蒼白，衣服的扣子也沒有結，像從地獄裏逃出來似的。

奧菲利婭驚魂甫定，終於認出眼前的人，「哈姆雷特！」想不到自己日思夜念的戀人會變成這個模樣，她雙腿一軟，差點昏過去了。

哈姆雷特抱着姑娘，緊緊握着她的手腕，凝視着她那蒼白而美麗的臉，彷彿要把她的形象吸進自己的靈魂裏。

　　望着自己心愛的人兒痛苦的模樣，哈姆雷特心中倒海翻江般的柔腸百轉。為了自己的復仇計劃，他不能把自己裝瘋並且有意疏遠她的理由向她表白。如今，他還要利用她，自己對這位溫柔的姑娘實在是太殘酷了。

　　幾乎處於昏迷狀態的奧菲利婭慢慢清醒後，強烈地感覺到哈姆雷特沉重的呼吸聲。她微微睜開眼睛，發現哈姆雷特的臉一會兒變得慘白，一會兒變得緋紅。最後，他對姑娘點了三次頭，發出一聲驚天動地的長吁，然後丟下一封信，放開姑娘的手，轉身向門外走去。

　　奧菲利婭以為這一切只是夢境，直到哈姆雷特離去後，才站起來把這封信交給父親。

　　當波洛涅斯讀完信後，臉上露出一絲難以察覺的笑容。他馬上進宮去找國王。

　　王子的舉止失常讓國王和王后焦慮。儘管他日漸一日枯槁憔悴，但他那圓睜的眼睛閃着怒火，那鼓起的鼻翼和嘴唇總是在悲哀地顫抖着。讓國王總懷疑這個貌似白癡的靈魂，對自己是一個莫大的威脅。而王

后則一直擔心，哈姆雷特是因為父親的早死，和自己的再婚造成了太大的打擊而發瘋。現在他們讀着這封燃燒着強烈愛火的信，便減輕了心頭的壓逼了。

　　國王反覆讀着這封信：

美麗無雙的奧菲利婭：

　　你可以疑心星星是火把，
　　你可以疑心太陽會轉移，
　　你可以疑心真理是謊話，
　　可是我的愛永沒有改變。

　　親愛的奧菲利婭啊！原諒我不會用詩句來抒寫我的愁懷；但請你相信，最好的人兒，我最愛的是你。
　　再會！最親愛的小姐，只要我一息尚存，我就永遠是你的！

　　　　　　　　　　　　　　　　　　　哈姆雷特

　　這信看似是愛情的盟誓，但語句又有些顛三倒四，寫信者的脈脈深情又似乎與他前段時間對姑娘的冷淡有矛盾。

　　「陛下！」波洛涅斯為了炫耀自己的洞察力上前說：「他遭到我女兒的拒絕後，心裏鬱鬱不快，所以變成這樣一個瘋子了。」

　　因失戀致瘋，這理由是可以成立的。但國王仍然不放心，還要繼續試探哈姆雷特。

　　於是，國王安排哈姆雷特又一次與姑娘見面，並讓姑娘當面把所有表達愛情的信物還給他，宣布愛情的死亡。而國王與波洛涅斯就躲在暗處觀察，但哈姆雷特最終還是瞞騙了他們的眼睛。

　　這段日子，哈姆雷特正被復仇的計劃困擾着。他的腦海時時盤旋着鬼魂的話，但善良的王子在沒有得到最後的證實時，他不敢肯定那鬼魂真是父親的，抑或是魔鬼變的，更何況，國王身邊警衛非常森嚴呢！

　　正當哈姆雷特終日喃喃自語：「生存還是毀滅，這是一個值得考慮的問題；默然忍受命運的暴虐的毒

素，或是挺身反抗人世的無涯苦難，通過鬥爭把它們掃清，這兩種行為，哪一種更高貴……」正當他被矛盾交煎着的時候，宮裏來了一個專門演悲劇的戲班子。

看戲，在當時的人看來，是一種高尚的享受，況且，這一班從艾爾西諾城來的名伶，還是哈姆雷特的老朋友。他們上演的荷馬史詩，曾經多次打動過哈姆雷特的心。這一次，王子又讓他們特意為他演出「依里亞特」中的一個片斷——劇中激動人心的高潮。

這是希臘大軍攻陷特洛伊城的情景。伶人們聲情並茂的朗誦把哈姆雷特帶到悲壯的劇情裏——全城陷在一片火海中，無辜的市民慘遭殺戮，士兵們衝進王宮，殺死了國王。魂飛魄散的王后帕里斯，赤着腳在火燄中奔走，頂着破毯絕望地哀叫……

> **知識泉**
>
> 荷馬：古希臘詩人，約生於公元前九世紀。相傳他著作「伊里亞德」和「奧狄賽」兩大敘事詩，描述特洛伊戰爭及戰後的故事。
>
> 特洛伊城：位於小亞細亞北部的古代都市，是荷馬史詩所記載洛伊戰爭中的故地，歷史遺跡很多。

　　完全陷進劇情裏的伶人臉色慘白，聲淚俱下，深深震動了哈姆雷特：既然他們能把一個虛構的遠古故事演得那麼逼真，讓他也流下眼淚，那麼自己更有理由為自己冤死的父親哀哭。可是，他復仇的心為什麼好像睡着了似的，遲遲不萌動呢？憂傷與內疚之餘，他想出了一個計劃來。

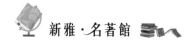

∽ 三、試探虛實 ∽

　　他讓這個戲班在第二天晚上為國王演出,他親自安排了一齣叫「貢扎古之死」的劇目。戲裏表現一宗謀殺案:公爵貢扎古的姪兒琉西安納斯為貪圖公爵的財產,在花園裏把他毒死,後來這個兇手沒多久就得到了貢扎古妻子的愛。

　　國王不知道這是一個圈套,他和王后以及滿朝文武興致勃勃地來到劇場。哈姆雷特特意坐在他身邊,以便仔細觀察他的神色。

　　絳紅色的帷幕拉開了,舞台是一個春光明媚的花園。貢扎古跟他的妻子正在進行柔情蜜意的談話。妻子一再表白她的愛,說假若有一天貢扎古先她而去,她也決不會再嫁別人。如果她違反自己的諾言,她希望受到詛咒。

　　這時,哈姆雷特發覺他的叔父的臉色驟然改變了。隨着劇情發展,當琉西安納斯輕輕走進花園,把

懷中的毒藥倒進睡在那兒的公爵的耳朵裏的時候（這情景太像鬼魂描述的故事了），哈姆雷特湊近全神貫注的國王耳邊，向他解釋：「瞧，他為了**篡權**①奪位，竟把自己的親叔父毒死。下面，將要演到這兇手怎樣得到那女人的愛了」。

這話似乎説得很輕鬆，但他的目光卻緊緊盯牢了國王。國王的臉色在那一刹間變得死一般灰白，站了起來，大吼一聲：「給我點起火把，引路回宮。」

一大隊士兵馬上舉着火把跑步走進來，引着國王與王后一行匆匆離去。

國王的暴怒，使演出停止了，但終於讓哈姆雷特證實了那個讓人悲痛的秘密。他對霍拉旭説：「好霍拉旭，那鬼魂真的沒有騙我！」

但是，他還未進一步談及復仇計劃時，宮中侍者就前來召他立即進宮面見王后。

在寢宮，王后卧在牀上，臉上隱隱約約留下淚痕。哈姆雷特的圈套已經激怒了國王。劇中兇手下毒

---

①**篡權**：以不正當的手段奪取權力地位。

的情節與他罪惡的手段實在太相似了。他已知道自己的罪行敗露，感到哈姆雷特的復仇之劍已逼近了他的心臟。他要作出對策，但要王后再進一步試探哈姆雷特。

哈姆雷特來到母親面前。

「孩子，你已經大大開罪了你的父親啦！」王后說。

「母親，是你大大得罪了我的父親！」哈姆雷特針鋒相對。

王后低下頭，避開王子那犀利的目光，罵他是「胡說八道。」

「你才是胡說八道。」哈姆雷特反唇相譏。

寢宮裏的氣氛緊張異常，王后被哈姆雷特逼得渾身發抖。她覺得自己快要支持不住了，便起牀去請救兵。

哈姆雷特卻用身體擋住門口，冷不防從身後拿出一面鏡子，「母親，請你照照自己的靈魂！」

「你要幹什麼呀？殺人嗎？」驚恐的王后尖叫起來：「救命呀！」

突然，房內的帷幔後面也傳出一陣叫喊聲：「救命呀！救王后呀！」

哈姆雷特一驚，推開王后，猛地向屋角回過頭。此時，他的眼睛已被復仇的怒火燒紅了，他認定自己的殺父仇人就在裏面。他「唰」的一聲拔出長劍，怒吼一聲：「鼠賊，我來結果你！」他一個猛虎出擊，把長劍深深戳進去。頓時，柔綠的帷幔染上了斑斑血漬。

哈姆雷特慶幸上天賜予自己這樣一個意外的報仇機緣，頓時揚眉吐氣。可當他用劍挑開帷幔時卻目瞪口呆——倒在血泊中的不是國王，而是自告奮勇來當密探的御前大臣波洛涅斯。

驚恐萬狀的王后嚷了起來：「你幹了一件多麼殘酷的事呀！」

「殘酷嗎？」哈姆雷特把劍插回劍鞘，「真正的殘酷，是殺了國王，然後嫁給他的弟弟！」

哈姆雷特悲憤難平，要說的話已沒法收回了。他看到王后房中有兩個小鏡框，分別鑲着兩位國王的肖像。哈姆雷特把父親的像送到母親面前；說：「你看，他多麼高雅優美：太陽神的捲髮，天神般光潔的前額，戰神般明亮有神的眼睛，這卓爾不凡的儀表充分顯示出偉男子的魅力，這就是你從前的丈夫。」

王后雙手捧着臉，淚水從指縫裏溢出。「你再看看這個吧，你現在的丈夫，他像一株霉爛的禾穗，像一條害蟲，損害了自己健碩的哥哥。你不覺慚愧嗎？跟這樣一個用賊一樣的手段竊取王位的人一起生活，並作了他的妻子，你不覺得羞恥嗎？」哈姆雷特按着劍柄，一步一步逼近王后，他的質問如一把靈魂的解剖刀，把她的心靈刺得鮮血直流。

知識泉

太陽神：古代許多民族都崇拜太陽。古埃及的太陽神又稱為雷；在希臘神話中稱為阿波羅，被認為是創造宇宙的主神，並且主宰諸神和全人類。

解剖刀：解剖操作時，所用的器械。

「別説下去了，你使我的眼睛看見了自己靈魂深處的污點。」王后舉起手遮着臉龐，像要擋住哈姆雷特的唇槍舌劍。她跪在兒子面前泣不成聲，哭求道：「別説了，孩子……」

這時，門口的帷幔捲動了一下，父親的鬼魂又一次出現了，他喊着哈姆雷特的名字，讓他不要再傷害母親，而應該切記復仇的諾言。説完便飄然而去了。

「父親！父親！」哈姆雷特跌跌撞撞追出門外，失神地叫着。王后看不到鬼魂，卻以為兒子又發瘋了，忙向上天祈禱。

哈姆雷特卻指着蒼穹説，那是父親。王后不相信鬼魂之事，哈姆雷特請她摸一摸脈搏，那平靜的跳動證明他一切都那麼正常。他嚴肅地請求她不要對現在的國王盡妻子之道，他會用一個兒子的身分來祈求上天祝福她。

良心發現的王后摟住兒子，答應今後一定會按照他説的去做。

波洛涅斯不幸的死給了國王一個藉口，他決心抓

住這個機會把哈姆雷特驅逐到英國去，因為他知道哈
姆雷特是他的最大威脅。但他不敢在國內處死王子，
因為愛戴王子的人民和王后都不會答應。

～ 四、殺身之禍 ～

國王藉口要對哈姆雷特實行「特別保護」，下令由特使羅森格蘭茲和吉爾登陪同，當晚便起程，趕赴英國。

哈姆雷特明知這是一個圈套，但由於這冒失之劍，切斷了剛剛起步的復仇之路，無可奈何只有接受命運的安排。

哈姆雷特登上離開祖國的輪船，海風送來一陣陣襲人的涼意，被痛苦與絕望交煎着的他，此刻毫無睡意。海風吹醒了他的頭腦，他開始思考這次詭秘的遠行，他深信兩位特使一定帶着某種對他不利的使命。

他躡手躡腳走到特使睡的艙房，推開門，兩人都已睡着了，微微月光正照着一個脹鼓鼓的皮袋。他把皮袋拿回自己艙裏，發現裏面真的有一封給英王的信。

這是一道血腥的密旨，丹麥國王請求英國國王

為了兩國的利益，馬上殺死哈姆雷特……在被憤怒的狂濤衝擊過後，哈姆雷特機智地把信上自己的名字擦掉，換成兩位特使的名字……

船兒在海上平靜地走過一夜，迎來了黎明，哈姆雷特和酣睡過後的特使們都走上甲板，眺望日出。這時，船後方出現了一個小黑點，似離弦之箭向大船飛駛而來。有人驚叫一聲：「海盜船！」

沒多久，海盜船靠近了丹麥大船，正當船上的人手足無措之際，英勇無畏的哈姆雷特已經拔出長劍，縱身跳下海盜船。船上剎時刀光劍影，海盜們殺氣騰騰地撲向這個虎膽勇士。哈姆雷特在四面八方而來的刀劍陣裏，戰鬥得如獅子般勇猛，海盜們被殺得落花流水。

海盜頭子從他非凡的氣勢中，斷定他不是普通人，立即下令開船撤離。就這樣，寡不敵眾的哈姆雷特在海盜船上當了俘虜。

丹麥國王的兩個特使從噩夢中醒來時，海盜船已消失在雲水之間了。他們怕回去不好交待，只好下令繼續駛向英國，後來，又糊裏糊塗地向英王獻上那封

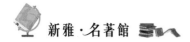

讓自己掉腦袋的密旨。

　　海盜俘獲了哈姆雷特，但被他的高貴氣質所懾服，對他非常客氣。當他們知道眼前這位英俊勇敢的人竟然是丹麥王子，便急不及待地在丹麥最近的一個港口，把他送上岸。

五、重回國土

這是命運的安排，哈姆雷特又踏上了祖國的土地，真是百感交雜。他寫了一封信給國王，說因為一場奇怪的遭遇，他又光着身子回到本國，希望在第二天拜見國王，稟告這不召而返之罪。

這封信如一紙死亡判決書，國王拿在手上沒唸上幾行，全身的血就湧到臉上了。他必須馬上定出計策，應付這突然巨變。

第二天，哈姆雷特沒有如約去拜見國王，他邀了好友霍拉旭商議復仇對策。他們走在郊外的小路上，但見路旁**墳塚纍纍，荒草萋萋**[①]，滿目淒涼，使哈姆雷特更添傷感。

這時，不遠處隱隱約約傳來一片哭聲，大隊送殯

[①]**墳塚纍纍，荒草萋萋**：墳塚即墳墓。纍纍形容繁多、重積的樣子。萋萋，草木茂盛的樣子。

的人穿着喪服、抬着一具
蓋着華帳的靈柩緩慢地前
進。看得出，死者定是個高
貴的人。

　　哀樂越來越近了，哈姆雷
特看清了走在隊伍前頭的竟然是
國王和王后，他急忙躲了起來。

　　靈柩在一個預先挖好的土坑前停了
下來，隊伍中突然衝出了一個披麻帶孝的青年，他
撕扯着自己的頭髮，泣不成聲地叫喚着死者的名字。
哈姆雷特雖然聽不清他的哭叫，但認出他是雷歐提
斯——波洛涅斯的長子，情人奧菲利婭的哥哥。他趴
在靈柩上不讓下葬，哭着説：「就這樣把她埋進泥土
嗎？上蒼呀，願我妹妹嬌養無瑕的肉體上，生出芳香

新雅·名著館

馥鬱的紫羅蘭吧！」

一聽「妹妹」二字，哈姆雷特驚叫起來：「奧菲利婭！」不錯，正是奧菲利婭死了。

自從父親死在心愛的人手中後，奧菲利婭便失去了神智。她常常一個人跑來跑去，把花撒在宮裏，說是為她父親的葬禮撒的。嘴裏常常唱着一些關於愛情和死亡的歌，言語裏是一些意義不明的話。有一天，她來到小河邊，她用毛茛、蕁麻、雛菊和長頸蘭編織了一個花環，她想把這個奇異的花環掛在一棵臨水的老柳樹的樹枝上。想不到，樹枝竟無情地折斷了，奧菲利婭摔到水裏，連人帶花被嗚咽着的溪水匆匆牽走了。純潔的姑娘彷彿不知道發生什麼事，躺在水裏依然斷斷續續地唱着古老的愛情歌謠……也是最後的歌聲了。

知識泉

毛茛：毛茛科。多年生草本植物。葉由根部生出，有長柄；花黃色，有五片花瓣；果呈球形。

蕁麻：又叫咬人貓，屬蕁麻科多年生草本植物。全株密披嫩（音因）毛，觸及嫩毛可引起劇痛，是一種有毒植物。

這時，面帶悲容的王后拿起一把五彩花瓣，輕輕地撒落墳內。繽紛的花瓣飄飄揚揚，灑落在姑娘的身

上，如一片斑爛的雲彩。

「我本來希望你作我的媳婦，把鮮花鋪在你的新牀上，可愛的姑娘，誰想到現在卻要撒在你的墳上。」王后的哭聲直沖雲霄，哈姆雷特咬着自己的拳頭，不讓哭聲衝出喉嚨。

這時，承受着喪父、亡妹雙重悲痛的雷歐提斯仍然伏在靈柩上，他請求挖墳人把他也一併埋了。

哈姆雷特再也忍不住了，他猛地跳出來，跳進墳坑裏，他要與雷歐提斯一同陪着奧菲利婭。雷歐提斯認出哈姆雷特——這個殺父害妹的人。怒火從雷歐提斯的眼中拼射出來，他一下子捏住哈姆雷特的咽喉，冰雹似的拳頭向他的胸口擂去。

國王不想在這個場合下發生這樣的毆鬥，他早已訂好了利用雷歐提斯對付哈姆雷特的計策，他怕雷歐提斯此刻有什麼三長兩短，於是他命人拉開正打得熱鬧的兩人。

回到住處，哈姆雷特非常後悔自己的衝動，雖然，他衝進墳坑是為了向心愛的人**訣別**[①]，但對雷歐

提斯絕無惡意。但悲劇的根源真的是由他而起啊！他想去向雷歐提斯道歉，請求和解。

　　但是，國王在此時派人來召他入宮與雷歐提斯比劍。這是一個陰謀，國王命雷歐提斯在言歸於好的**幌子**②下，向哈姆雷特挑戰，伺機殺死他。

①**訣別**：指無會期的離別；一般指死別。在感情色彩上含有很大的悲壯成分。

②**幌子**：原指掛在店舖門外，用來招徠顧客的招牌。後來借此表示在外用以蒙蔽他人的言行。

∽ 六、公開比試 ∽

　　哈姆雷特與雷歐提斯比劍的消息已不脛而走，傳遍了宮廷內外。他們兩人都精通劍術，哈姆雷特早就被譽為天下無雙，雷歐提斯也名揚國外。因此，這場暗藏殺機的比賽成了賭博，朝臣們都為此而下了賭注。出乎意料之外，國王忽然變得非常器重哈姆雷特。他預言勝利一定屬於王子，認為在十二個回合中，雷歐提斯最多只能贏三劍。

　　國王的打賭，使雷歐提斯對哈姆雷特萌生更大的殺機，他拿起一把尖頭劍，而這把劍國王早就找人塗上了毒藥。哈姆雷特卻希望藉着這場比賽，能夠化解仇恨。

　　他走近雷歐提斯，伸出自己的手，誠懇地説：「請原諒我！」然後對着大廳高聲向雷歐提斯道歉：「當着在坐眾人之面，我承認我在無意中射出的箭，誤傷了朋友的身體。現在我要求他海量包涵，寬恕我

不是出於故意的罪惡。」這一番充滿誠意的話贏得了大廳內熱烈的掌聲。

一剎間，雷歐提斯似乎有所感動，但馬上又被仇恨蒙住了雙眼。他急不及待地提起劍，擺出進攻的架式。哈姆雷特隨便挑了一把圓頭的鈍劍，因為這種劍沒有危險，這是比劍的規矩。

兩把劍凝着寒光，如銀蛇一般飛舞起來，乒乒乓乓的劍擊聲響徹大廳，讓眾人看得眼花繚亂。

國王似乎特別興奮，頻頻為哈姆雷特喝采，並且，他每贏一劍，就為他鳴一炮慶祝。

哈姆雷特勝了兩劍後，國王送來了一杯酒，還在酒裏放了一顆夜明珠，讓哈姆雷特喝下去。

哈姆雷特雖然已很口渴，但他卻謝絕了國王的賞賜。王后見兒子頭上冒汗，疼愛地拿過一條毛巾為他揩汗，深情地説：「你一定會勝利的，我的孩子！」

> **知識泉**
>
> 夜明珠：是在黑暗中，人眼能看得見，天然、能自行發光的寶石。它是地球內，一些發光物質經過幾千萬年，集聚於礦石中而成，經過加工，就是人們所説的夜明珠，常有黃綠、淺藍、橙紅等顏色。

這時，國王又一次把酒遞到哈姆雷特面前，王子只好準備接過酒杯，但王后伸出手把酒要了過來，望了國王一眼，然後把酒很快地送到自己的唇邊，呷了一口，然後舉杯對兒子說：「母親為你飲下這口酒，祝賀你的勝利。」

「好媽媽！」一陣春風般的暖意掠過哈姆雷特的心頭，積藏在胸臆間的悲憤消散了。

國王的臉色卻在這一剎間變得死一樣蒼白。他突然轉身附在雷歐提斯耳邊說了幾句話。

第三局開始了，雷歐提斯像着了魔似的沒有鬥志，但過了不久，他突然如猛虎下山般抖擻了精神，看準哈姆雷特的一個疏忽，對準他的胸口，拼盡全力把劍向前一刺……

「啊！」全場人不禁驚呼起來。哈姆雷特搖晃了一下然後捂着胸口，殷紅的鮮血從指縫淌出。他知道自己上當了。這個事先安排好的陰險謀殺，竟在光天化日之下以輕鬆的遊戲實現了。

哈姆雷特怒不可竭，他如一隻發了狂的獅子，大吼一聲奪過了雷歐提斯的殺人利劍。比劍的性質徹底

改變了，血腥的廝殺開始了。

「哎呀……」隨着一聲淒厲的慘叫，雷歐提斯的胸口也挨了一劍。

泉湧般的鮮血從雷歐提斯胸口流出，同時也洗去他心頭的迷霧。他倒在地上呻吟着：「我用詭計害人，反而害了自己，報應，應得的報應啊！」

話音未落，一聲更令人驚心動魄的巨響在大廳裏炸響，王后摔倒在地上了。

國王走過去扶她，「不，不，」王后推開了國王，她的嘴巴、鼻孔滴着烏黑的血，明亮的眼睛失去了光彩。她大口大口地喘着氣，伸出軟弱的手招呼哈姆雷特，用虛弱到了極點的聲音說道：「就是那杯酒，我的孩子……我中毒了……」說完便閉上了眼睛。

哈姆雷特想起國王兩次敬酒的情景，頓時怒火萬丈，他高叫道：「把門鎖上！陰謀！是哪個人幹的？」

～ 七、真正元兇 ～

　　昏死過去的雷歐提斯這時蘇醒過來了，在生命的最後一刻，被喚醒的良知終於讓他明白，造成全部悲劇的真正兇手是國王。於是，他指着國王嚷道：「哈姆雷特，兇手就是國王！」接着就把國王借刀殺人的詭計抖落出來。

　　哈姆雷特兩眼充着血，沉重地喘着氣，堅定地站了起來，然後彎腰拾起那柄沾滿了毒血的劍，一步一步地向嚇得發抖的國王走去。

　　「你……你這個敗壞倫常、嗜殺貪淫、萬惡不赦的傢伙，送你上西天去吧！」

　　銀光一閃，凝聚萬般仇恨的利劍深深插進國王的胸口，只露出劍柄。

　　垂死的國王沒有閉上眼睛，他絕望而憎惡地瞪着哈姆雷特，張開嘴巴似乎想説什麼，他伸出手指着哈姆雷特，最後又無力地垂下了。

雷歐提斯吃力地撐起身子，匍伏着爬到哈姆雷特身邊，他張開口，卻説不出話，眼角溢出了兩滴晶瑩的淚。哈姆雷特把他摟在自己的懷裏，兩顆彼此被仇恨冰封的心，終於在死神到來之前和解了。

人們把血跡斑斑的哈姆雷特扶上御座。這張一度被陰謀篡奪了的寶座，終於讓王子用鮮血奪回來了。然而，在這值得慶賀的時刻，死神已無情地來到他的面前。

哈姆雷特用他生命的最後一口氣，對他忠實的好朋友，了解悲劇全部過程的霍拉旭留下了遺言：「我死了……你還活在世上，請替我傳述這個故事吧！」

致哀的炮聲響起來了，四個士兵抬着哈姆雷特的屍體，還有自動聚集在後面的人羣，踏着血跡，緩緩地離開大廳。

走在護靈隊前面的霍拉旭舉目仰望蒼天，他彷彿又看見了那個堅強的復仇者的英武形象。他舉起手，高聲説道：

「善良的人們，這就是悲劇。你們可以聽到奸淫殘殺，反常悖理的行為，你們也可以看到，冥冥中的判決，借手殺人的毒計，以及陷人自害的結局。我要把這一切都告訴世人，以免引起更多的不幸、陰謀和錯誤。」

久久凝在丹麥城頭的陰霾終於消散了，有一縷陽光透過薄霧，照耀着送葬的人流。

羅密歐與茱麗葉

一、家族世代的恩怨

　　晨霧籠罩的維洛那城依然在甜甜的酣睡裏，忽然，街道上傳來了一陣陣令人焦慮不安的吵鬧聲。從溫馨的夢鄉中驚醒的人們紛紛打開窗戶，此時，街中兩羣貴族打扮的人正在瘋狂地毆鬥着。

　　他們像着了魔似的，互相用最污穢的語言對罵，旋即大動干戈。刀光劍影中有的人倒下了，殷紅的鮮血滲進街上的磚石，清晨的寧靜，完全被這陣仇恨的旋風驅走了。

　　這種聲勢浩大的械鬥在維洛那城已經司空見慣了。富有的凱普萊特和蒙太古是這個城市的兩大望族。過去，他們兩家之間曾發生過一場激烈的爭吵，後來越吵越厲害，怨恨越結越深。這仇恨的火種如瘟疫般，蔓延到兩家的親戚，甚至每一位侍從和僕役。只要偶爾見面，怒火一觸即發，雙方常常打得血肉橫飛。市民們對這無謂的爭鬥早就恨得咬牙切齒，所

以，他們一邊呼喊着「打倒凱普萊特！」「打倒蒙太古！」的口號，一邊捲進這血腥的械鬥中，讓城市更加混亂和血腥。

這天清晨的惡鬥終於驚動了城裏的最高統治者——維洛那親王。他親臨現場，有力地平息了大街上的騷亂。

在鬥毆事件發生不久，老凱普萊特大人舉辦了一次盛大的晚宴，邀請了許多漂亮的女士和高貴的賓客。在長長的被邀請者名單上，有一位姑娘叫羅瑟琳。她是老蒙太古大人的兒子羅密歐的夢中情人。

羅密歐是一位英俊威武、稟性善良的青年，他有一顆純潔而熱情的心，整個家族的人都喜愛他。更可貴的是，他從不介入兩大家族的無謂糾紛裏，連冤家凱普萊特也稱他是「本城少有的好青年」。

然而，他深愛着的姑娘羅瑟琳卻對他冷若冰霜，無論怎樣想方設法約她會面，她總是避而不見，這真讓羅密歐傷心透了。

羅密歐的好朋友班伏里奧為了讓羅密歐見識更多的女人、結交新的伴侶，以化解他對羅瑟琳的苦苦思

念，便把晚宴的消息告訴了他。為了能見上羅瑟琳一面，羅密歐決定冒險赴宴。

晚霞漸漸從維洛那城隱去，凱普萊特府邸張燈結彩，喜氣洋洋。年輕的羅密歐戴上假面具混在穿着各種裝束、戴着各樣假面具的賓客中走進燈火輝煌的大廳。他在人縫中穿來插去，目光搜視着每一個角落，可惜卻一直沒有找到他的羅瑟琳。

正當他懷着孤獨與痛苦的心情，邁開沉重的步履，準備悄悄離開這個晚會的時候，一位騎士挽着一位少女從樓上走下來。她那潔白如凝脂般的臉，泛着玫瑰色的紅暈，一雙大眼睛像兩汪藍色的深潭，線條優美的小鼻子，襯着紅潤的小嘴，微笑時綻開的兩排潔白的牙齒珍珠般晶瑩。一刹那間，大廳裏的燈火彷彿為她燃得更亮，而那些正在像蓓蕾般嬌艷的女郎們卻由於她的出現，頓時黯然失色。

「好一個絕世佳人！」羅密歐低聲讚歎着。

話聲不高，卻讓那位騎士——凱普萊特的姪兒提伯爾特聽到了。他從聲音認出是羅密歐，提伯爾特脾氣暴躁，生性好鬥，在兩大家族的歷次糾紛中，都

充當了凱普萊特家一名暴怒的馬前卒。此刻，他更容不得蒙太古家的人居然戴着面具混進來，嘲弄諷刺他們這個隆重的盛會。他狂暴地發起脾氣，大聲叫囂，揚言要把羅密歐殺死。

老凱普萊特雖然面露慍色，但很快就平靜下來了。雖然他在骨子裏痛恨蒙太古家的人，但羅密歐的好品行全城皆知，而且他從來沒有介入兩家人的糾紛。因此，凱普萊特便對姪兒説：「別生氣，讓他去吧。他是一個有教養有風度的好青年。來的都是客嘛，我不能得罪我家的客人。」

提伯爾特不得已，只好捺住性子，可是他發誓説，改天一定要對這個闖進來的卑鄙的蒙太古重重報復。

二、命中注定的相遇

令人陶醉的樂曲在大廳迴蕩，帶着面具的羅密歐的目光卻向那美麗的姑娘緊緊相隨。他在心裏一遍一遍地説：「天啊，多麼可愛的姑娘，你才是我心中愛的源泉。」

一個強烈的願望把他引到姑娘面前，他壯着膽子，握握那纖秀的小手，彬彬有禮地鞠了一躬：「請接受我，一個虔誠的朝聖者冒昧的敬意，能讓我吻吻你聖潔的手嗎？」

姑娘驚異地望着這個帶着假面具的、風采翩翩的人，並不感到羞澀：「好一個朝聖者，你的嘴唇難道不怕褻瀆了神靈嗎？

羅密歐笑了笑：「我正祈求讓這一吻洗去我的罪惡。」説着彎腰輕輕吻了吻姑娘的手。

知識泉

朝聖者：為了贖罪，或是為了實現許願、祈禱，到聖地朝拜旅行的信徒。基督教的聖地在耶路撒冷。

　　他們正說着這些飽含深意的情話的時候，姑娘的母親派人來把她叫走了。羅密歐打聽到她的母親是誰後，不禁大吃一驚，剛萌起的熱情像水面的泡沫、落日的返照般在心胸頓然消逝。萬萬想不到，這位打動了他的心的美麗姑娘原來就是蒙太古家的大仇人、凱普萊特大人的女兒和繼承人茱麗葉小姐。「我的生命現在操在仇人手裏了。」他歎息着，躲開歡樂的人羣。然而，他心裏明白，他絕對不會放棄這份愛情。

　　此刻，茱麗葉同樣陷在迷亂與不安之中。當她發覺跟她談話的那個人是蒙太古家的羅密歐時，她同時發覺自己竟是那樣一見鍾情地，不能自拔地愛上了他。羅密歐的出現，讓茱麗葉窺見了一個與渾濁的氛圍完全不同的、色彩斑斕的世界。可是，愛情一剎那像陽光般射進她的心胸，卻又像一塊大石壓住胸口，讓她喘不過氣來。「要是不該相識，何必相逢？仇敵變成情人，這場戀愛注定種下禍根。」她自怨自艾，心情沉重地告別母親，返回自己的臥室。

　　夜深了，皎潔的月亮在空明澄碧的天穹發出神秘的微笑。溫柔的夜風輕輕掠過凱普萊特的後花園，

樹木低語，花香襲人。在一團樹蔭下，佇立着一個黑影，他正是羅密歐。他離開大廳，離開朋友，躲在這兒默想。茱麗葉在他心中已烙下不可磨滅的痕跡。他覺得這世間的一切都因了茱麗葉而美好起來。然而，兩人一分離，歡樂已成為遙遠的追憶和幻象。夜涼如水，冷露已沾濕他的衣衫，這個癡情的人卻渾然不覺。

忽然，頭頂像落下一縷陽光。花園中那幢樓房的二樓上的一扇小窗被推開了。如花似玉的茱麗葉出現在窗口，她臉上的光輝使星月黯然失色。

茱麗葉身穿一件翠綠色的貞女袍子，用纖細白皙的手托着臉龐，兩眼凝視着天上的皎月，默默尋思。好久，才長長歎了一口氣：「羅密歐啊，羅密歐！為什麼你偏偏叫這個名字呢？如果你發誓永遠愛我，我也願意去掉我的姓，不再姓凱普萊特了。」

羅密歐聽見她的聲音，心跳得像要躍出胸口，他竟忘了自己在偷聽，失聲叫道：「那麼我就聽你的話，你只要叫我做『愛』，我就重新受洗，重新命名，從今不叫羅密歐。」

　　茱麗葉聽到花園裏有男人講話的聲音，大吃了一驚，厲聲道：「你是什麼人？在黑夜裏偷聽別人的説話？」

　　「敬愛的神明，我痛恨自己的名字，因為它是你的仇敵，要是把它寫在紙上，我一定把這幾個字撕得粉碎。」羅密歐巧妙地回答姑娘。

　　聰明的茱麗葉已經明白了，心頭襲過一陣從未有過的幸福而神秘的衝動。她羞得耳熱心跳，低聲問：「告話我，你是怎樣進來的，花園的牆這麼高。」

　　「我藉着愛的輕翼飛過高牆。」羅密歐答。

　　「難道你不害怕嗎？我家裏的人一旦發現你，一定會把你殺死的。」

　　「唉，你的眼睛比他們二十把刀劍還要厲害。只要你用溫柔的眼光看我，誰也不能損害我一根毫毛。」

　　「誰帶你找到這裏來的？」

　　「愛情！是愛情引導我到這兒的。我雖然不會操舟掌舵，但哪怕你在天涯海角，我也會冒着風險去

知識泉

舵：設置在船尾，用以校正方向的工具。

尋找你這顆珍珠。」

　　儘管眼前是無邊無涯的茫茫黑夜，但羅密歐的激情話語如銀月般高遠、明朗，把茱麗葉胸中長久積存的種姓仇恨的污垢蕩滌得乾乾淨淨。

　　一團火燄爬上她

美麗的臉頰，燃起兩片紅霞，幸虧黑夜替她遮上一層面紗，羅密歐才沒有看見。本來，一個少女是不能輕易接受男人的求愛的，只能用少女的孤傲和矜持來顯示她的清高，否則會被世人視作淺薄和輕浮。可是，此時的茱麗葉內心的秘密已被躲在花園的羅密歐窺破了。她衝破了世俗的**羈絆**[①]，藉着夜幕，大膽地向深愛的人送去愛情的心曲。

「姑娘，」被歡樂激動得熱血奔騰的羅密歐仰視着蒼穹，「憑着這一輪皎潔的月亮，我發誓……」

「不！不要指着月亮起誓，」茱麗葉趕快攔住他，求他不要太倉促、太輕率地在初次認識之時就交換盟誓，她期望的是羅密歐用自身的行動來證明愛情的忠貞。

[①]**羈絆**：羈指約束，絆指行走時被別的東西擋住或纏住，引申為受束縛或牽制的意思。

說着，茱麗葉輕輕把窗關上，燈光旋即消溶在茫茫的夜色裏。羅密歐害怕匆匆別離會成永訣。「你這樣離去，不給我一點滿足嗎？你還沒有把你的愛情盟誓跟我交換。」他朝着黑暗夜大聲喊着，皮膚感到露水的冷意。

茱麗葉臉上掠過一絲神秘的微笑：「雖然我早已把愛的誓言交給你，但現在要收回，為的是重新享受對你發誓的快樂。因為我付出的越多，自己也越富有，愛是無邊無際的。」

此時的茱麗葉，心中愛情的火燄已在熾烈地燃燒，所以她終於把主宰自己命運的權柄授予羅密歐。她說，如果羅密歐真心愛她，就定好舉行婚禮的時間和地點。她將派奶媽去探詢，說完，窗子又悄悄關上。

月亮悄悄隱沒在雲層裏，花草樹木已在熹微的晨光中漸漸顯出美麗的輪廓。沉浸在柔情蜜意中的羅密歐離開情人的花園。他毫無睡意，轉到附近的修道院裏去找善良而令人尊敬的勞倫斯神父。

「早安，神父！」打開虛掩的門，羅密歐披一

身霞光，邁進門檻，向神父深深鞠躬。

「上帝祝福你！」神父劃着十字，憑着多年經驗，他已在羅密歐興奮的臉上看到了喜悅，他以為年輕人已獲得了羅瑟琳的愛。

「不，我已把那個名字連同她帶給我的煩惱抹掉了。」面對知心人，羅密歐毫無保留地把與茱麗葉一見傾心的事説了一遍，並請神父為他主持婚禮。

面對羅密歐忽然發生變化的感情，神父感到驚奇。他不希望男人這樣沒有恆心，更不希望年輕人只把愛情放在眼睛而不是放在心上。

然而，羅密歐卻坦誠地，向神父表露了自己與茱麗葉忠貞不渝的愛情，指出過去對一個不愛自己的人癡情只會帶來痛苦：「**湊合**①的愛情不過是乾枯的木頭，稍有風吹就會爆出裂痕；而心心相印的愛情卻是

> **知識泉**
>
> 修道院：歐洲中世紀時代，為宗教獻身的人，大多居住在修道院。修道院內有大教堂、宿舍、飯堂、農地、果園、牲畜場等，僧侶在院內自給自足，不必外求。修道院還有學校和圖書館，用來教育和訓練僧侶，因此又是重要的學術中心。

①**湊合**：勉強適應或應付。

奔騰的噴泉，任何刀劍也斬不斷。」神父被羅密歐純潔的心靈所感動，答應為他們主持這場婚禮，而且更希望通過他們的結合，能促使兩家仇人釋嫌修好。

這天下午，無聲無息的修道院裏，沒有禮樂，也沒有美酒，只有幾根禮燭跳動着歡樂的火燄，流淌着欣喜的蠟淚。在勞倫斯神父的祝福中，羅密歐與茱麗葉結成了夫妻。神父祈禱上天祝福這段姻緣，並希望藉着年輕的蒙太古跟年輕的凱普萊特的結合，埋葬兩大家族的**夙怨**①。

婚禮結束後，茱麗葉回到家裏，等待着與丈夫的下一次相會。

懷抱着幸福的羅密歐與妻子告別後，也返回自己的家。

---

①**夙怨**：長久累積下來的怨仇。

三、波折重重—生離

　　清晨，維洛那城的中心廣場上，一羣人又在爭吵，互不相讓的刺耳聲波，又一次擾亂了這個城市的寧靜。羅密歐一眼看出，又是兩大冤家的無謂爭吵。與以往不同，他這次並不繞道而走，而是朝着喧囂的聲源走去。他發現眼前的一方，正是自己的好朋友班伏里奧和茂丘西奧，而另一方就是晚宴時要拔刀相見的提伯爾特。此時，他已和茱麗葉結成夫妻，理所當然地把提伯爾特當作親戚，便決定上去勸解。

　　可是，兇悍的提伯爾特馬上丟開茂丘西奧，把矛頭對準了羅密歐，他滿腔怨毒地罵羅密歐是「惡賊」！

　　這話無疑像給羅密歐的笑臉摑了一個耳光，他不由自主地摸摸發燙的臉頰，感到從未受過如此恥辱。可是，為了尊重茱麗葉的堂兄，他還是把怒火咽下，

轉身離開。沒想到，剛一轉身，胸口卻差點觸到提伯爾特充滿殺氣的劍鋒。

羅密歐仍運用意志的力量把反擊的心願壓下去，極力試圖和解，向提伯爾特伸出手。

委曲求全非但不為提伯爾特所寬容，反而引起朋友的誤解。茂丘西奧為羅密歐的軟弱感到羞恥，猛地拔出長劍，老虎般地向提伯爾特刺去。

兩把劍發瘋似地互相碰擊，仇恨的怒燄化成簇簇星火在劍鋒上跳躍閃爍。羅密歐希望械鬥不要繼續下去，他大喝一聲：「不要再打了！」抽出劍把兩劍格開。然而，只聽到一聲刺入肺腑的慘叫，茂丘西奧胸前劍光一閃，轟然倒地，血如噴泉般湧出來。

朋友慘遭暗算，讓羅密歐義憤填膺。正是為了茱麗葉，他才磨鈍了勇敢之劍。如今茂丘西奧一死，他再也按捺不住了，追上了洋洋得意的提伯爾特，以剛才提伯爾特罵他惡棍為理由，以茂丘西奧的陰魂為見證，與提伯爾特決鬥了。

一場惡戰殺得天昏地暗。畢竟羅密歐正義在胸，

越戰越勇，而性如烈火的提伯爾特心虛力虧，讓羅密歐拋出一道劍光，頓時命喪黃泉。

知識泉

黃泉：打井至深時地下水呈黃色，又人死後埋於地下，故古人以地極深處黃泉地帶為人死後居住的世界。

這場搏鬥早就驚動了附近的市民，中午時分又添了一具屍體，消息也驚動了蒙太古夫婦和凱普萊特夫婦。剛剛趕到的老凱普萊特撫屍大哭，老蒙太古從人羣中擠出來，一見這慘狀也不禁掩面痛泣。

這時，親王也趕來了。他怒容滿面，看着自己的親戚茂丘西奧被人刺死，做了兩大家族沒完沒了的悲劇殉葬品，氣得渾身發抖，為了維護這個地方的安寧，他決定嚴懲兇手。

「是誰挑起這場血鬥的？」親王把目光轉向唯一的見證人。

班伏里奧在不連累羅密歐的情形下，向親王稟報事件發生的全部經過。但是，凱普萊特夫人非常痛心她家的提伯爾特被殺死，無論如何也要報復。她認為班伏里奧是羅密歐的朋友，稟報時當然心存偏袒。遠

一邊，蒙太古夫人又在懇求親王饒了她孩子的命，她也有理由爭辯：「既然提伯爾特是殺害茂丘西奧的兇手，我那不肖之子不過是代表法律，執行了對兇手應得的死刑。」

親王沒有被各執一詞的爭辯所蒙蔽，他仔細調查了事實，然後宣布：「將羅密歐放逐出境，一旦在城裏被發現，立即處死！」

當廣場上血雨腥風瀰漫的時候，茱麗葉在自家的花園裏望着太陽，作着最美麗的遐想。當悲劇的兇訊傳來時，她像被雷電擊中似的感到頭暈目眩。正奔向幸福的人在頃刻之間跌落苦難的深淵，這是何等巨大的痛楚。她既為堂兄之死傷心痛哭，也為親王那一道命令，讓才作了幾小時新娘，便要永遠和丈夫分離的自己的不幸而傷心欲絕。她在愛與恨中掙扎着。她罵羅密歐是「花一樣的面龐裏藏着蛇一樣的心！美麗的暴君！天使般的魔鬼！披着白鴿羽毛的烏鴉！豺狼一樣殘忍的羔羊！」把這自相矛盾的咒罵傾瀉在丈夫身上。

激憤之情終於減退了，茱麗葉終於慢慢冷靜下來。她意識到「放逐」兩個字比悲傷與死亡更無邊無涯地慘痛，它的分量等於殺死一萬個提伯爾特。她強烈地渴望見羅密歐一面，便脫下指環，讓奶媽去找羅密歐。

羅密歐殺了人後，就一直躲在勞倫斯神父的密室裏。這時他聽到親王的判決，和茱麗葉一樣，他馬上明白到放逐所承受的分離苦痛，比死亡將更長久、劇烈。

羅密歐淚流滿面，他認為維洛那的城牆外再也沒有世界了。只有茱麗葉住的地方才是天堂。他閉上眼睛，他寧願自己是一隻貓，一隻狗。這樣還能瞻仰茱麗葉的容貌。他像瘋子一樣撕扯自己的頭髮，在地上打滾，直到奶媽帶來茱麗葉的消息，他才把精神恢復過來。

神父趁機勸導他：他剛才的表現真是太不夠男

子氣了。七尺昂藏之軀，卻不懂得好好利用熱情和智慧，那只是一尊蠟像。法律對他是寬大的，犯了死罪，卻只判了放逐；提伯爾特本來要殺他，他卻把提伯爾特殺死；這本身就是一種僥倖。而且茱麗葉仍深深愛着他，他不懂得珍惜，是不會有好結果的。

深刻的思想，嚴厲的言辭如利箭般插進羅密歐的靈魂深處。他終於清醒了，為剛才的失去理智而深深懊悔。神父仁慈地為羅密歐的前程作了安排：當天晚上悄悄去向茱麗葉告別，然後離開維洛那城到曼多亞去。一旦有機會，他將向世人披露兩人的婚事，並藉此促成兩家的和解。到那時，他一定親自向親王請求對羅密歐的特赦。

那天晚上，當月亮在茱麗葉的花園灑下一層柔柔的光華時分，羅密歐偷偷地爬進妻子的房間，在那裏度過了極盡柔情蜜意的一夜。在這張複雜矛盾的感情之網中，他們互相安慰，彼此鼓勵，是那樣的難捨難離。

不受歡迎的黎明好像來得太快了，雲雀的晨啼是

那樣的突然地刺耳。無情的分別時刻到了，羅密歐帶着一顆沉重的心依依不捨地吻別妻子，然後從房間的窗口爬下去。茱麗葉懷着悲愴絕望的心情倚窗目送丈夫，發現羅密歐回頭一瞥的臉蒼白得如一具屍骸。她戰慄着大聲説：「我們還會有見面的日子嗎？」

「會的，一切悲哀痛苦，都是將來握手談心的話題。」羅密歐堅定地鼓舞着茱麗葉。

～ 四、噩耗傳來——死別 ～

　　然而，就在羅密歐離去以後，凱普萊特家要給茱麗葉辦親事了，夫婿是本城一位風流富有的青年伯爵帕里斯。提親三天後就約定在聖彼得教堂舉行婚慶大典。

　　有如晴天霹靂，這消息給了茱麗葉沉重的打擊。「不，太匆促了，他還沒向我求婚，我不能嫁給他。」茱麗葉想盡理由拒絕這場婚事。

　　凱普萊特不知道女兒已經結了婚，把她的拒絕看作是少女的羞澀，並不理睬她的任何哀求，堅決地說：「告訴你，星期四你必須回教堂跟帕里斯結婚。否則，就把你裝在木籠裏拖去！」那陰沉而惡狠狠的目光中蘊含着鐵的法則：一家之長，每句話都不能更改。

　　在絕望的時候，茱麗葉忽然想起了一個救星——勞倫斯神父，只有他，才能使自己脫離苦海。想到

這，她連忙趕到修道院去。

當茱麗葉從修道院趕回家時，碰到正在府邸門外散步的父親。她裝成一頭馴服的羊羔般，跪了下來向父親懺悔，順從父親的安排。

喜出望外的凱普萊特把女兒摟在懷裏，當即決定把婚禮辦得更加隆重。

第二天清晨，澄澈的天空彷彿也為迎接大喜日子而展開笑臉，凱普萊特府前車水馬龍，賓客如雲。滿面春風的凱普萊特大人興奮地與來客寒暄。他特別感激勞倫斯神父，因為是他使他的女兒回心轉意。

這時，在樂隊歡快的樂曲伴隨下，新郎帕里斯來迎親了。當人們正渴望着美麗的新娘出現時，奶媽氣急敗壞地從樓上跑下來：「救命，救命呀！小姐死了！」

在茱麗葉的臥室裏，展現在人們眼前的是一幅多麼悲涼而慘痛的景象：躺在牀上的茱麗葉穿着平常的一身素衣，緊閉雙眼，全身冰冷。她的神情顯得安詳、文靜，彷彿剛剛進入夢鄉。她的牀頭有一小瓶藥，不用說，她是服毒自殺的。天哪！死神在她大喜

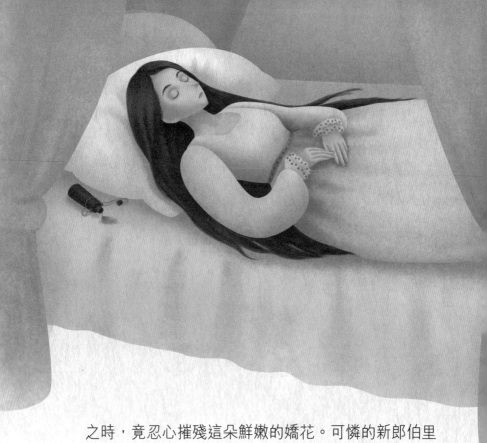

之時，竟忍心摧殘這朵鮮嫩的嬌花。可憐的新郎伯里斯哀痛欲絕。

　　凱普萊特的號哭更是叫人撕心裂肺，他們只有這麼一個孝順而可愛的女兒，想不到她會在父母給她安排了這樣的「錦繡前程」時，卻自尋短見。

　　在這一片哭聲裏，本來應邀前來主持婚禮的勞倫斯神父站出來，主持了茱麗葉的葬禮，婚禮的頌詩換成輓歌，那本來準備撒在新娘走過的路上的鮮花，如今只能灑在屍體上。不久，張燈結彩的府邸大門，緩

慢地走出一支抬着靈柩的隊伍，向教堂走去。

　　被放逐在曼多亞的羅密歐無時無刻不在思念着妻子。就在茱麗葉出嫁前的一晚，他做了一個奇怪的夢：自己的生命飄悠悠地離開人間，茱麗葉卻來吻他，把生命吐進他的嘴裏。他變活了，頭頂還帶着金光閃閃的王冠！就在這時，他的僕人帶來了茱麗葉的死訊，夢境竟對象相反地印證了。悲痛萬分的羅密歐吩咐馬上備馬，他要趕回維洛那，到妻子的墳墓去看她。

　　絕望的羅密歐已決心要和愛妻在一起了，他策馬來到一條僻靜的小巷，找到那個窮得像乞丐的藥劑師買毒藥。但是，根據法律，賣毒藥是要處死的，就在藥劑師猶豫未決之際，羅密歐掏出了金子。貧窮不允許藥劑師再有任何拒抗，他賣給羅密歐一副毒藥，說要是吃了這藥，縱使有二十個人的力氣，也會馬上死掉。

　　羅密歐感謝藥劑師賣給他「解除與愛人分離的痛苦」的靈丹妙藥，直奔維洛那城凱普萊特家的墓地。

　　午夜的墓地，颳着令人心寒的陰風，羅密歐點燃

火把，拿出早已準備好的用來掘墓的鐵鋤，然後把一封遺書交給他的僕人讓他離去。

羅密歐挖開了墓門，他提着火把，一步一步向着地獄之門走去。

突然，身後處來一陣極其急促的腳步聲，接着，一條黑影猛地撲過來，緊緊地摟着他的雙肩：「萬惡的蒙太古，你殺了活人，還要來侮辱死人嗎？」

羅密歐掙扎着，大聲叫：「年輕人，不要激怒一個不顧死活的人，不要讓我再當一次殺人犯！」但對方沒有理會，迎面刺過來就是一劍，羅密歐揮劍迎擊，向前刺去，只聽一聲慘叫，對方撲通地倒在血泊中。

失敗者喘着氣呻吟着説：「你倘有幾分仁慈……打開墓門……把我放在茱麗葉身旁吧！」説完，呼吸漸漸轉弱，消失……

羅密歐大吃一驚，藉着月光認出了死者竟是帕里斯。原來，帕里斯想藉着月光拜祭未婚先死的茱麗葉，他拿着鮮花帶着侍童，沒想到會碰上了羅密歐。疑竇頓起時馬上派侍童回去報告，自己提了劍跟上前

去，誰料一場格鬥送了性命。

羅密歐悲歎道：「你我都是登錄在惡運的黑名冊上的人，讓我把你合葬在茱麗葉的墳墓裏吧。」

羅密歐來到茱麗葉那口沉重的棺材前，不知為什麼，那棺材竟沒有上蓋。他久久地凝望着像睡夢般安詳的妻子，説不出是悲是喜。她仍然是那樣的艷麗無比。雖然，死神已經吸去了她呼吸中的芳蜜，卻無力摧毀她的美貌。嘴唇、臉龐仍是那樣紅潤鮮嫩。羅密歐不禁懷疑，那枯瘦可憎的死神也愛上了茱麗葉，要把她留下來供他欣賞。

羅密歐抱起心愛的妻子，以熱烈的吻向世人告別。此刻，他已卸下惡運的重擔，把藥劑師賣給他的毒藥一飲而盡。烈性的毒藥如一陣颶風，猛烈地把這葉厭倦人生風濤的生命之舟打進深淵，只有火把濺起的幾粒火星，伴隨着羅密歐的生命一起熄滅了。

五、奇跡般的重生

　　忽然，黑黝黝的墓門又閃進一個消瘦的身影，他就是勞倫斯神父，他到這裏來肩負着一個重大的使命，但他從羅密歐的僕人嘴裏知道羅密歐已經到了墓地，嚇得魂飛魄散，趕忙闖了進來。但是晚了，眼前已橫着兩具不幸的屍體，神父兩腳一軟，跌坐在地上。

　　這時，死去多時的茱麗葉從棺材裏坐了起來，顧不得去回想過去四十二小時發生

的事，急不及待地向勞倫斯問道：「可敬的神父，我的丈夫呢？」

神父還未來得及説話，墓外傳來了可怕的腳步聲，帕里斯的僕人已把人叫來了。他匆忙地拉起茱麗葉的手，説：「小姐，趕快離開這個毒氛腐臭的巢穴吧，我們的計劃已被一種超乎人力的力量破壞了。」

茱麗葉茫然地跟着神父跌撞撞地向洞外走去，猛然腳被什麼絆着了，低頭一看，愣住了：兩具屍體，其中一具就是日思夜念的丈夫羅密歐。像挨了重重一擊，茱麗葉頓感天旋地轉，她不顧一切地撲在羅密歐的屍體上放聲慟哭。

洞外的嘈雜聲越來越近，神父害怕了，他拉不動痛不欲生的茱麗葉，只好獨自逃去。

突然，茱麗葉發現了羅密歐手裏緊緊握着的一個瓶子，她明白了他是為她服毒而死的。她俯身吻着那尚留熱氣的嘴唇，喃喃地説：「冤家，你全喝乾了，不留一滴給我嗎？」萬千思緒在她心中蕩漾，她的靈魂彷彿已隨丈夫飄往天國。

墓地門口已出現了幢幢人影，腳步聲是越來越急

促。事不宜遲了，心如枯槁的茱麗葉毅然拔出羅密歐腰間的短劍，朝自己的心臟猛力一刺。殷紅的鮮血如泉水般噴射出來，茱麗葉一頭撲在羅密歐身上，用自己的嘴唇熱烈地吻着丈夫的嘴唇，含着笑離開了這個世界。

　　隨着一股冷風，一羣兵丁湧進來了。他們是得到帕里斯的僕人報告前來抓羅密歐的。消息不僅驚動了蒙太古大人和凱普萊特大人，連親王也駕臨了。

∾ 六、令人惋惜的真相 ∾

　　墓地上擠滿了黑壓壓的人羣，火把照亮了夜空。
「把嫌疑犯帶上來！」親王厲聲喝令。來不及逃走的
勞倫斯神父被押了上來，他低着頭躊躇了一會兒，便
振作起來，用飽含悲愴的聲音，敘述了一個動人而淒
怨的故事：舞會初遇、花園定情、修道院婚禮……最
後講到凱普萊特逼婚之時，茱麗葉絕望的求救——

　　「神父，如果你的智慧不能幫助我，」茱麗葉手
裏拿着一把匕首，抖抖索索地說：
「我便用它一了百了。」

知識泉

匕首：短小而鋒利的小刀。

　　神父急忙奪過匕首，一個冒
險的計劃也閃過腦際。「只要不用嫁給帕里斯，哪怕
上刀山下火海我也毫不畏懼。」茱麗葉看出神父的猶
豫，就熱切而堅定地說。

　　於是，神父叫茱麗葉回家高高興興地答允婚事，
並在婚禮的前一晚飲下一瓶他交給她的藥，這樣她的

脈搏就會停止跳動,要四十二小時過後,才再醒過來。在同一時間,神父會馬上派人通知羅密歐,讓他在茱麗葉蘇醒後帶她回曼多亞去。這樣,他們就可以永遠在一起了。

茱麗葉歡天喜地地接受了神父的計劃,然後也一絲不苟地依計而行。

可惜的是,神父的冒險計劃只實現了一半。他派去給羅密歐送信的待從出了事,而羅密歐卻從自己僕人那裏得到噩耗,結果便演出了這場陰差陽錯的悲劇⋯⋯

「這就是我所知道的一切,如果這場不幸的慘禍是由於我的疏忽造成的,我願受到法律的制裁。」神父說完,在親王面前雙膝跪下。

故事是這樣的曲折離奇,確實出人意料。深深了解勞倫斯神父品行的親王,又一次為他的善良正直而感動不已。茱麗葉的奶媽也證實了羅密歐與茱麗葉結婚的經過。羅密歐的僕人鮑爾薩澤呈上了羅密歐的遺書,信中一字一血淚,表達了羅密歐失去愛妻的肝腸欲裂的痛苦。

　　真相已經大白了，親王懷着無限的悲痛與憐惜，把凱普萊特和蒙太古拉到身邊，沉痛地說：「瞧，你們的仇恨是多麼的野蠻而失去理智。上天已經震怒了，它假手於愛情以奪去了你們心愛的子女來懲罰你們⋯⋯」

　　多年的仇恨在這一剎間冰釋了，這對老冤家第一次有共同的感受。凱普萊特的眼眶裏盈滿了悔恨的淚花；蒙太古老人臉上的肌肉一陣陣抽搐，痛苦已讓他說不出話。人世間的一切隔閡，甚至仇恨都被痛失親子的巨大不幸化解了。兩雙握劍相向的手終於握在一起。凱普萊特說：「大哥，把你的手給我吧，這就是你給我女兒的豐富的聘禮。」

　　蒙太古把凱普萊特的手搖了搖，說：「我要為忠貞的茱麗葉雕一座純金塑像，讓她永遠卓越地留在人們心中。」

　　「羅密歐也要有一座同樣富麗的金像，讓他永遠留在情人的身旁。這兩個在我們的仇恨下慘遭犧牲的人啊！」凱普萊特說。

　　親王擦去熱淚，點頭微笑。在場觀看的人也深

深地舒了一口氣。兩大家族根深蒂固的仇恨終於消除了。

　　清晨到了，涼風輕輕吹過，吹走鬱結和怨恨，太陽從雲層露出蒼白的臉，維洛那城將恢復寧靜、平和，陽光也永遠地溫暖下去。

　　但是，古往今來多少悲歡離合，唯有這哀怨辛酸的愛情故事就這樣流傳下去。

奧賽羅

一、堅定不移的愛情

勃拉班修是威尼斯城的一位很富有的元老，他有一位美麗的女兒名叫苔絲狄蒙娜。她溫柔善良，品行端莊遠近馳名，加之她將來會繼承一大筆遺產，所以求婚的人絡繹不絕。她是一個白種人，又出自名門，但她對那些門當戶對的本國貴族子弟一個也看不上眼。她對愛情有自己的獨特的見解，她認為一個人高貴的心靈比金錢、地位、相貌都要重要。

她暗暗鍾情於摩爾人奧賽羅。雖然他是一名黑人，但苔絲狄蒙娜的父親也非常喜歡他，讓也成為家中的座上客。

知識泉

摩爾人：居住在北非北部的民族，是阿拉伯人及巴巴利人的混血種，曾渡海入西班牙，建立格拉那達王國。

我們不得不稱讚苔絲狄蒙娜獨具慧眼，因為奧賽羅這個品格高尚的摩爾人，除了他的皮膚是黑色的外，他便是完美無瑕的。他是一位英

勇善戰的軍人，在歷次與土耳其人的浴血作戰中，他善於指揮，奮勇殺敵，屢建奇功。為了嘉獎他，國王把他提升為威尼斯軍隊的指揮官，授予將軍的名銜。

作為一個軍人，奧賽羅長年南征北戰，一生充滿傳奇。和所有浪漫熱情的少女一樣，苔絲狄蒙娜特別愛聽他的冒險故事。

奧賽羅雖然不苟言笑，但每一次與苔絲狄蒙娜見面，他都非常樂意講述自己的故事。童年艱難困苦的回憶，每一次戰役的壯觀場面，圍攻、會戰、攻克，每一個細節都是那樣的驚心動魄，引人入勝。當他談到他在千鈞一髮中冒着密集的炮火衝鋒陷陣時，姑娘緊緊地抓住他的衣袖，十分緊張。當他談到自己怎樣當了俘虜，在敵營裏受盡屈辱時，善良的姑娘美麗的大眼睛裏便蓄滿了憂傷的淚水。而當他描述自己到過的各國家的景色：一望無邊的荒野、瑰麗詭秘的洞穴、石坑，和高聳入雲的山峯以及形形式式的奇人奇事時，姑娘的心也充滿了美麗的遐想。

於是，奧賽羅就這樣用自己樸素的語言，牽着姑

娘走進自己的生命裏，漫遊了少年時代、青年時代。這些充滿苦難、充滿崎嶇、充滿傳奇的故事深深地打動了姑娘，贏取了她的芳心，讓她不願走出這個男子的世界。她含着淚説：「這些事情都非常離奇和悲慘，悲慘極了。我真不願意聽到這些。但是，我是真心希望上天能給我造出一個像你這樣的人。」

老實的奧賽羅聽着姑娘巧妙的表白，一時不知如何回答。

苔絲狄蒙娜撫媚地看了他一眼，低聲説：「要是你有哪位朋友愛上我，你就教他用你現在這樣的方式去講自己的經歷，那他一定能得苔絲狄蒙娜的愛了。」

還有比這更坦率又含蓄的暗示嗎？奧賽羅雖然一直認為自己愚魯，但望着姑娘那因為羞澀而變得艷紅的臉龐，和脈脈含情的眼睛，已經明白了她的深情了。抑制不住，他也放開自己的感情閘門，兩顆深深相愛的心就這樣幸福地融在一起。

不需要什麼儀式，他們私下結了婚。

　　苔絲狄蒙娜與奧賽羅私下結婚的事，很快就讓勃拉班修知道了。他氣得**七竅生煙**[1]，因為不論就奧賽羅的膚色或是他擁有的財產來說，這位元老都不會讓他當女婿的。他一直以為，女兒會像所有威尼斯高

---

[1] **七竅生煙**：人的七竅指兩耳、兩眼、兩鼻孔和口。形容氣憤或焦急之極，好像耳目口鼻都要冒出火來。

貴的小姐們那樣，挑選一位身份高貴的人作夫婿。如今，他只能為自己的失算而感到痛心。

勃拉班修決定到莊嚴的元老院去控告那個摩爾人。因為，他不相信素來膽小，生性貞靜嫻淑的女兒，會去跟一個她瞧着都感到害怕的黑人發生戀愛。他想奧賽羅一定是使用了什麼陰謀詭計，誆騙他的女兒，或者是用邪術煉成的毒劑麻醉了她。

知識泉

元老院：古代羅馬以貴族代表組成的最高立法諮詢機構。

在去元老院的路上，勃拉班修遇見了奧賽羅。這時，正有消息頻頻從海上傳來，說土耳其人正調集了強大的艦隊，向塞浦路斯島進發。國家的安全危在旦夕，元老們都深夜從牀上爬起來，趕到元老院去與公爵共商退敵之計。他們不約而同地，把抗敵的希望寄託在英勇善戰的奧賽羅身上。認為只有他才能夠指揮威尼斯軍隊抵抗土耳其人的侵略。所以，他們星夜傳召奧賽羅到元老院去。

作為一位國家委以重任的將領和犯人——因為根據威尼斯法律，勃拉班修控告他的罪名成立，他會被

判死刑。奧賽羅站在元老院議事廳裏，面對圍桌而坐的公爵和眾元老。儘管戰火已經燒灼着這些政府官員的心，但因為勃拉班修的高齡和地位，他們不得不耐着性子聆聽他因激動而變得語無倫次的指控。

當人們知道犯罪的竟然是他們寄以厚望的奧賽羅時，都感到非常遺憾。於是，他們請奧賽羅站出來為自己辯護。

奧賽羅只是把自己跟苔絲狄蒙娜戀愛的經過平靜地敘述了一次。那樣實而娓娓動聽的故事，那瑰麗奇詭的經歷，把在場所有的人都吸引住了。連當審判官的公爵也不得不承認，奧賽羅是光明磊落的，對苔絲狄蒙娜是披肝瀝膽地熱愛的，像這樣的故事，他的女兒聽了也會着迷的。他勸勃拉班修面對木已成舟的現實，不要再懊惱了。

而奧賽羅則要求公爵派人到旅館去請苔絲狄蒙娜小姐前來對質，如果她的報告證實他有罪，他願意接受懲罰。

苔絲狄蒙娜站在眾元老面前，親口證實了奧賽

羅的話。在深深銘感尊敬的父親的教養之恩，永遠要盡女兒之孝的同時，她要求父親同意她去盡一種更高的本分——像母親對他克盡妻子義務那樣，去向奧賽羅，她的夫婿，克盡妻子的本分。

　　勃拉班修元老再也無法堅持他的控告了。他把摩爾人叫到跟前，無可奈何地將女兒嫁給了他。並對他說，如果自己知道得早一些，是不會讓女兒落到他手上的。

　　這件事情圓滿解決好了之後，公爵便向奧賽羅講述了土耳其向寒浦路斯進犯的戰況，委派他任塞浦路斯島的總督，到那兒去鎮守抗敵。並為打擾了他的新婚生活而抱歉。

　　把國家的安危看得高於一切的奧賽羅馬上表示接受命令，全力以赴。對丈夫忠貞不二的苔絲狄蒙娜也願意不畏艱苦，陪着丈夫出征。她要用自己的行動向世人宣告，她有多麼的愛這位既有奇偉外表又有高貴德性的摩爾人，她願意把靈魂和命運一起奉獻給他。

　　塞浦路斯島的原總督蒙太諾正站在港口的碼頭

上，他的眼睛一直沒有離開白浪

滔天的大海。此刻，暴風狂嘯着，

島上防敵的雉堞也被吹得搖搖晃晃

了，被風捲起的怒濤奔騰，揚起的巨浪如山峯一樣直

插上灰色的蒼穹，土耳其的船隊已經消失在驚濤駭浪

之中，顯然，他們不用等奧賽羅的到來，就已經被這

場颶風打散了。

知 識 泉

雉堞：指城上的矮牆。

二、幸福中的暗湧

當奧賽羅的船隊頂風破浪開進塞浦路斯港時，已經不需要戰鬥了，他領着他那新婚的嬌美的妻子接受了全塞浦路斯島人的歡迎，此刻的奧賽羅心中充滿了和煦的陽光，他沒有覺察到，在他身邊正潛伏着另一種危機，他必須面對一場需要付出沉重代價的戰鬥。

在將軍的身邊，有一位將領叫伊阿古，他的資格比較老，曾經跟隨着奧賽羅南征北戰，立下不少顯赫的軍功。他心狠手毒，老謀深算，一直盼望着有機會升職。最近，他聽説將軍要提拔一位副將，論資格，論戰功，他都認為這職位非自己莫屬了。殊不知，奧賽羅卻提拔了他的好朋友凱西奧。

邁克爾・凱西奧是一位年輕的軍官，佛羅倫斯人。他為人快活多情，長得很漂亮，嘴巴甜，會説話，各方面的知識也比較豐富。而且他精通算術，有軍事理論知識，不但非常討女人的歡心，連奧賽羅這

樣身經百戰的將軍也很信任他，在他與苔絲狄蒙娜戀愛的時候，還特意請他幫忙。因為奧賽羅擔心自己不善於跟女人溫柔地談話，叫她們聽了喜歡。他覺得好朋友凱西奧很有這種本領，就請他代表他去向苔絲狄蒙娜求婚。因此，凱西奧也算得上是奧賽羅和苔絲狄蒙娜的大媒人了。

這種對人毫不猜忌的單純性格正是這個勇敢的摩爾人性格上的光彩，而不是他的缺點。所以，難怪苔絲狄蒙娜除了奧賽羅本人以外，最喜歡和信任的人就是凱西奧了。雖然如今她結了婚，嚴格地遵守着賢良女人的婦道，與凱西奧保持着很大的距離，但友誼還是存在的。

也許是為了這些緣故吧，奧賽羅便把最信任的人提升為副將，讓他在自己身邊出謀劃策。這次提升當然大大激怒了一直窺伺這個職位的伊阿古了。更讓他切齒痛恨的是，奧賽羅竟然讓他當凱西奧的旗官。所以，他在恨凱西奧的同時，就更恨奧賽羅了。奧賽羅與苔絲狄蒙娜私自結婚的消息就是他透露給勃拉班修的。

　　伊阿古本來就是一個陰險的、詭計多端的人，他從來就沒有尊敬過自己的長官奧賽羅，只是想通過他發展自己的勢力。這次他親自護送苔絲狄蒙娜來塞浦路斯島，就是為了策劃一條可怕的計劃，讓凱西奧、奧賽羅和苔絲狄蒙娜同歸於盡。

　　在港口碼頭的歡迎儀式上，他看到苔絲狄蒙娜親熱地與前來迎接的凱西奧打招呼，雖然他們的接觸僅限於禮儀。但卻在伊阿古陰暗的心靈裏閃過一道寒光：他要讓奧賽羅吃凱西奧的醋，要他受嫉妒這個比肉體痛苦更難受的心靈折磨，要讓他們兩人中死掉一

個，或者兩個一齊死掉。

　　籠罩在塞浦路斯人心頭的烏雲也吹散了。島上就像過節一樣，燃起了煙火，盡情歡樂。同時，為了慶祝統領的新婚，還特地打開公家的酒窖、伙食房，從下午五時到深夜十一時，讓島上人民縱情飲酒宴樂。

　　那天晚上的警衞隊由凱西奧指揮，奧賽羅吩咐他要留心警備，不要讓土兵們喝得太多，以免造成意外。

　　凱西奧説已經吩咐好伊阿古去辦的，自己也會忠於職守。

　　伊阿古在當天晚上就開始了他處心積累的陰謀了。當凱西奧邀他一齊守夜時，他都藉口為將軍慶祝而把凱西奧拉去喝酒。

　　凱西奧是不會飲酒的，而且，他知道縱酒對於一位執行任務的軍官來説，是很嚴重的錯誤，所以，他拒絕了。但經不起伊阿古的花言巧語，又是唱飲酒歌，又是倒酒，便一杯又一杯地喝起來，最後便醉了。這時，一個由伊阿古精心安排的人，有意去挑釁凱西奧，醉醺醺的副將便拔出劍與那人打起來。也在

守夜的原總督蒙太諾走過來替他們排解，竟被打得流出血來，亂子越鬧越大了。

於是，伊阿古便大聲嚷着出事了，還偷偷派人去敲警鐘，一場喝醉酒打的小架被他渲染成發生了嚴重的兵變似的。

全島人都被鐘聲敲醒了，奧賽羅也披着衣服急急忙忙地趕來了。這時，凱西奧的酒也醒了，當奧賽羅問他怎麼回事時，他慚愧得什麼話也說不出了。奧賽羅只好去問伊阿古。

伊阿古裝出一副為好朋友開脫罪責的姿態，欲蓋瀰彰地把全部經過說了出來。他刪掉了自己參與的那部分事實，並在言語間大大地加重了凱西奧的罪過，而糊裏糊塗的凱西奧卻已不記得剛才發生的一切了。

於是，執法如山的奧賽羅只好撤銷了凱西奧的副將職位了。

伊阿古陰謀的第一步完全成功了。但他還未罷休，他要好好利用一下這個多災多難的晚上。

奧賽羅離去後，凱西奧完全清醒過來了，對於伊阿古的陰謀，他完全蒙在鼓裏，所以仍然把伊阿古當

作朋友，傾訴自己的心事。

他説：「我是無藥可救的了。如今名譽已經是一敗塗地了。」

但是，伊阿古卻假裝把事情看得很簡單。説自己或別人誰都難免偶爾喝醉、當前最重要的是要恢復主帥對凱西奧的歡心，設法挽救這個倒霉的局面。於是，他別有用心地要凱西奧去向主帥夫人求情，因為此刻她才是真正的主帥，她一定能給予幫助的。而且苔絲狄蒙娜性情爽快，樂於助人，這樣替人和解的事她一定會答應下來的。這樣凱西奧就會重新得到將軍的器重，説不定友誼經過衝突反而會更親密呢。

於是，第二天凱西奧就真的照伊阿古的意思去求苔絲狄蒙娜了。

三、造謠生事的小人

不管什麼人，只要有事相求，必盡力而為，這是苔絲狄蒙娜的性格。

所以，當凱西奧請她代向奧賽羅說情時，她馬上就答應下來。

正說話間，奧賽羅和伊阿古巡視完防務回來。這也是伊阿古精心安排的，他有意引開奧賽羅，讓凱西奧與苔絲狄蒙娜有單獨接觸的機會。看到奧賽羅遠遠地走來，依然羞愧的凱西奧為避免尷尬，匆匆告辭了。

走在奧賽羅身邊的伊阿古知道主帥已經看到他的朋友了，就假裝自言自語地說：「嘿！我不喜歡那種樣子。」

「什麼事？」奧賽羅問。

伊阿古故意支支吾吾。

這時苔絲狄蒙娜熱情地迎了上來，急不及待地

向丈夫替凱西奧說情。說得那麼誠懇，又那麼巧妙，
奧賽羅雖然很生凱西奧的氣，也不能拒絕
她。只是認為馬上就赦免這樣一個觸犯軍
紀的人未免太快了，要緩一下才行。她仍
不甘心，撒嬌要他一定在第二天晚上恢
復凱西奧的職位，要不就在第三天的
早晨，最遲不要超過三天以上。接
着，她又形容起可憐的凱西奧有多
麼的懊悔，多麼的慚愧，而他的過
失是不應受到這麼嚴重的處分的。

　　　　奧賽羅終於答
應了，可愛的女人
也覺得大功告成，歡天喜地
離去。站在一旁一直默不作
聲的伊阿古突然問起主帥的
戀愛經過，問凱西奧與主
帥夫人以前是否認識。

　　奧賽羅說：「凱西奧在我們談戀愛時，經常充當傳訊人的呢。」

　　於是，伊阿古就裝作若有所悟的樣子說：「當真？」

　　這閃爍其辭的話語，這欲言又止的舉止，終於引起胸無城府的奧賽羅的注

意。他開始覺得這些話別有含義。他一直相信伊阿古是個忠誠正直的人，但聯想到他剛才説的「不喜歡那樣子」和後來的「當真」，便覺得其中大有**蹊蹺**①在內。於是，他請伊阿古坦誠地説出自己的看法。

伊阿古就巧妙地説：「哪一座莊嚴的宮殿裏，不會偶爾被下賤的東西闖進去呢？哪一個人的純潔心胸，會絕對沒有一些污穢的念頭侵襲呢？」

當奧賽羅進一步詢問時，他又説不願用一些枝枝節節的事情干擾主帥的思緒，也更不應因小小猜疑而毀去一個人的清譽。

正是這些**旁敲側擊**②，躲躲閃閃的言語把奧賽羅撩撥得心緒不寧，疑神疑鬼，望着他急得快要發瘋的樣子，伊阿古暗自高興。他進一步暗示：本來並不愛他的妻子的那種丈夫，雖然明知被妻子欺騙，算來還是幸福的；可是啊，一方面那樣癡心疼愛，一方面又

---

①**蹊蹺**：指奇怪，可疑，違背常理。

②**旁敲側擊**：比喻説話、寫文章等，不從正面直接點明，而是從側面曲折地表示觀點或作出諷刺。

是那樣滿腹狐疑，那才是活受罪呢。

　　然伊阿古說得那樣明白，但奧賽羅此刻仍然相信自己的妻子：「我知道我的妻子長得美貌多姿，而且多才多藝，善於交際，但只要她貞潔，這些都是美德。我得有真憑實據才能認為她有曖昧行為。」

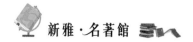
四、信心動搖的勇士

伊阿古見不能打動奧賽羅，就說他比奧賽羅更了解意大利女人，她們背着丈夫玩的把戲是瞞不過上天的。然後，他又狡猾地暗示說：「當初苔絲狄蒙娜跟奧賽羅結婚時，不是非常巧妙地瞞過她的父親嗎？小小年紀，有這般能耐，真了不起啊！」

奧賽羅的妒火終於被煽起來了，他難過得在巡營的路上走來踱去，為了能在伊阿古口中知道更多的情況，他只好強壓怒火，請他繼續說下去。

這時的伊阿古就像哲人似的替奧賽羅作最知心的分析：當初那麼多不同國家，不同膚色，但地位相當的人向她求婚，在旁人眼裏，那些都是美滿婚緣，但她都毫不動心，這是違反常理的。她之所以不顧一切地嫁給一個摩爾人，可能只是出於一時的任性和浪漫。等她清醒過來，就會拿奧賽羅的黑皮膚去跟眉清目秀的本國青年比較，說不定會後悔的。

　　夠了，夠了，煩躁不安的奧賽羅已經不想再聽下去了，他揮揮手，請「忠心」的伊阿古離開。但伊阿古還不肯罷休，末了，他請奧賽羅不要忙於為凱西奧復職，留心夫人是怎樣賣力地為他求情的。

　　奸詐的伊阿古終於離去了，他已經布下了一個連環陷阱，他利用清白無辜的苔絲狄蒙娜那溫柔的性格來毀滅她，把她的善良變成圈套，套住奧賽羅和凱西奧。可憐上了當的奧賽羅從此心裏就不能平靜下來了。

　　他不願回家去，連公務也忘記了，只是呆呆地站在城堡前，懊悔自己的婚姻。

　　苔絲狄蒙娜一直在家等候丈夫，恰巧伊阿古的妻子、和她情同姐妹的愛米利婭來找她。談不了多久，苔絲狄蒙娜看見丈夫那失魂落魄回到家來的樣子，她心疼極了。

　　她相信他是病了，環着他的腰問長問短。

　　在妻子的柔情下，奧賽羅只好把不快掩藏起來，推說頭痛。

　　苔絲狄蒙娜一聽，更是急得不得了，馬上掏出一

方手帕——這是奧賽羅送給她的定情之物，一邊繫在他的頭上，一邊説：「可能是少睡的緣故吧，這樣紮一下，一小時候就痊癒的。」

但奧賽羅卻厭惡地伸手把手帕除去，説：「手帕太小了。」然後拉起妻子的手就走。

愛米利婭怔怔地站在那兒，一個人發愣，她不明白一向把妻子視為掌上明珠的奧賽羅為什麼變得那麼粗暴，那麼不近人情。

這時，有海風吹過，輕輕揚起地上一片白色的東西，愛米利婭撿起一看，原來是一塊手帕。她認得那是苔絲狄蒙娜的，她曾經不止一次聽苔絲狄蒙娜講手帕的故事。因為這是奧賽羅送給她的，要她永遠保存。在獨自一個人的時候，苔絲狄蒙娜就會拿出來悄悄地親吻，悄悄地對它説話。愛米利婭因為喜歡那上面的花樣，問她借來描繪一下，她都不肯哩。

伊阿古又來到城堡前了，他看見自己的太太，問：「喂，你手上拿的是什麼東西？」

「主帥送給他夫人的定情手帕。」

「真的？快給我！」伊阿古高興得眼睛放出光

彩。他早就想要這樣東西，他認為這是他進一步打擊凱西奧的有力武器。

伊阿古把手帕奪去，然後威嚇他太太不要說出去。

自從奧賽羅從伊阿古那裏得知自己妻子的不貞以後，他的心便如那遇上了暴風雨的大海，一刻也不能停止**咆哮**[①]。不論是罌粟花、曼陀羅汁或者世界上所有的安眠藥，都不能叫他重新享受過往享受過的酣睡。他不再喜歡他的軍隊，他的事業；不再聽到鼓

[①]**咆哮**：大吼大叫，通常是憤怒的情緒下產生的反應。形容人的暴怒喊叫。也可形容水的奔騰轟鳴，十分猛烈。

聲、號角就激情澎湃，不再有昔日統領三軍衝鋒陷陣的雄心壯志。

奧賽羅就是這樣的無時無刻地折磨自己，他一忽而覺得妻子是貞潔的，一忽而又懷疑伊阿古是不誠實的。最後，他提着伊阿古的咽喉，要他拿出苔絲狄蒙娜不貞的真憑實據。

這正中伊阿古的下懷。於是他吞吞吐吐地說出了一件事：他今晨看見凱西奧用主帥夫人的一方手帕抹他的鬍子。

～ 五、蒙閉人心的妒火 ～

　　這證據比一百個炸彈還要有力，刹時間便擊倒了奧賽羅。他已經失去了理智，舉着手，跺着腳，向着烏雲密佈的天空狂吼：

　　「我但願這傢伙有四萬條生命！單單讓他死一次是發洩不了我的憤怒的。現在，我相信事情是真的了。啊，黑暗的復仇，從你的幽窟之中升起來吧！愛情啊，把你的王冠和你的心靈深處的寶座，讓給殘暴的憎恨吧！脹起來吧，我的胸膛，因為你已經滿載着毒蛇的螫舌！」

　　暴怒的奧賽羅不去想一想手帕是怎樣到凱西奧手裏的，就斷然下命令，讓伊阿古在三天之內幹掉他。並馬上任命伊阿古為副將。

　　儘管愛情之舟已經**觸礁**[①]了，但天真純潔的姑娘

---

①**觸礁**：原指船在航行中碰上暗礁，用來比喻做事遇到阻礙。

苔絲狄蒙娜仍然駕着它奔向怒海。她又去向奧賽羅為凱西奧求情了。這一回，奧賽羅假裝說眼睛老是淌眼淚，想用手帕擦一下。

苔絲狄蒙娜馬上拿出了一方手帕。

「我給你的那一方呢？」

「我沒有帶在身邊。」苔絲狄蒙娜已記不起在哪兒丟失了。

奧賽羅說：「這可糟啦！這手帕是一個埃及女巫送給我母親的。她說那手帕有魔法，手帕在女人手裏一天，她就討人喜歡，母親就是用這手帕得到父親的專寵的。如果失去了它，或者拿去送人，男人就會移情別戀了。母親臨死時把手帕交給我，讓我有朝一日送給我的妻子。我照吩咐送給了你。你要好好保存，把它看得像你的眼珠那樣寶貴。」

「會是這樣嗎？」夫人心裏害怕極了，因為她明明白白知道，手帕已經丟失了。而她更害怕因此而失去丈夫的愛。不過，天真的她又轉念一轉，可能丈夫不願她插手凱西奧的事，而用手帕這件事來轉移話題。於是她又重新稱讚起凱西奧來。

這無疑是火上澆油，奧賽羅像一頭發怒的獅子，一步一步逼近妻子，嘴裏低沉地喊着：「手帕！手帕！」最後憤怒地衝出門外去。

苔絲狄蒙娜終於明白了丈夫是在嫉妒了。但她又後悔自己不應該責怪高貴的奧賽羅，她想：可能是國家大事上遇到困難，困擾着丈夫，讓他煩躁，失去了往日的溫柔。

晚上，處理完公務的奧賽羅回到家裏，他的妻子跪在他面前，請求他解釋為什麼要生她的氣。

奧賽羅看也不看她一眼，昔日的溫柔已經被嫉妒的毒液沖淡了。他冷冷地要妻子發一個毒誓，讓她死後下地獄，讓她發誓自己是貞潔的。

奧賽羅終於指出了苔絲狄蒙娜不貞的行為。在這個時候，奧賽羅自己也流淚了，他對她説：「我能夠忍受命運的一切磨難，但決忍受不了自己做一個被人恥笑的目標。如今，我的心靈已失去了歸宿，生命的源泉也枯竭了。我真希望這世上從來不曾有過你。」

奧賽羅怒氣沖沖地擲下這幾句話，便又揚長而去了。本來就清白無辜的苔絲狄蒙娜聽得丈夫這莫須有

的猜疑，震驚異常。她想不到任何辦法為自己澄清，她想自己背着不孝的惡名，離開父親，跟着這位曾經深深愛過自己的人背井離鄉，來到這茫茫大海的孤島上，如今得到的只有一句「娼婦」，這是多麼的不公平啊！但是，和所有逆來順受的賢良婦人一樣，她除了歎自己命薄外，不敢對丈夫有半句怨言。只是再找人去請丈夫，試圖再一次用溫柔打動他。

苔絲狄蒙娜躺在牀上，地中海的月亮靜靜掛在城堡的窗前，把清輝灑在大紅被褥上，讓本來很吉慶的衾枕透出一種淒冷的色彩。海風從窗口吹過，把桌上那盞燈吹得明明滅滅。苔絲狄蒙娜一邊在心中祈禱，一邊等候着奧賽羅。但或許心情過於緊張，令心靈太疲倦了，她竟漸漸進入了夢鄉。

海濤在暴烈地拍擊着礁石，海風吹過林梢。

有沉重的腳步聲由遠及近。

房門被推開了，身披斗篷的奧賽羅挾着海風和海濤走了進來。

他站在牀前，望着那一尊躺臥着的睡美人似的塑像，他的心被痛苦煎迫着。像薔薇一樣美的容顏，

那是上天最精美的作品。那光潔的額頭，那美麗的眼睛，那玫瑰花瓣般的紅唇，曾叫他發了誓終生為它們赴湯蹈火。如今，他必須讓這生命之火熄滅，必須親手折斷這薔薇。這錐心一般的疼痛如海潮般，漫上了這個帶着殺人惡念的漢子的心頭，使他情不自禁地俯下頭去，讓自己的嘴唇覆蓋着那小巧的櫻唇。

這個最後的熱吻是那麼漫長，奧賽羅一次又一次地強迫自己把嘴唇移開，但一次又一次地身不由己地把頭埋下去。

苔絲狄蒙娜終於被弄醒了。

他望着要爬起來的苔絲狄蒙娜問：「你今晚祈禱過了嗎？」

「祈禱過了，我的丈夫。」

「再想一想，在你一生中，還有什麼罪惡不曾為上帝所寬宥的，趕快懇求袚的恩赦吧！」

「你這句話是什麼意思？」

奧賽羅默不作聲，只是狠狠地咬着自己的下唇，一種飲血的欲念正震撼着他全身。苔絲狄蒙娜被一陣突如其來的恐懼緊緊裹着，顫着聲音問：「你要殺我

嗎？但請你告訴我發生了什麼事？」

　　於是，奧賽羅説出了凱西奧的名字，説出了手帕的事。

　　苔絲狄蒙娜辯解説，她不曾送給凱西奧什麼手帕，可以請他馬上來對質。

　　被嫉妒的烈火燒得失去了理智的奧賽羅不聽什麼辯解，甚至連苔絲狄蒙娜作最後的祈禱的要求也不理會。他撲上前去，伸出那雙曾殺死過無數敵人的大手，用力緊緊地扼住心愛的人兒的咽喉。

　　這時，門外傳來了一陣嘈雜的聲音，有人急促地呼喊：「主帥！主帥！」

　　奧賽羅拿起一張被子，把妻子緊緊地蒙着。苔絲狄蒙娜無力地掙扎了一下，最後便一動也不動了。

六、無可挽回的錯誤

　　奧賽羅打開房門，受了傷的凱西奧血淋淋地被抬了進來。原來，伊阿古又一次派遣上次那位向凱西奧尋事的爪牙去暗殺凱西奧。結果，那家伙只是把凱西奧刺傷了，反而被巡邏的人抓住了。伊阿古怕事情敗露，竟一劍把那人殺死。不過，凱西奧卻從那人身上搜出了一些信件，從中知道那人曾經暗戀苔絲狄蒙娜，而伊阿古正是利用了這一點，一次又一次地主使他去陷害凱西奧、奧賽羅和苔絲狄蒙娜。

　　真相大白了，伊阿古對自己陰謀直認不諱，他承認手帕是他有意丟進凱西奧屋裏的。此刻的奧賽羅痛不欲生，他猛地拔出那把曾經用來殺退無數敵人，以助他突出重圍的長劍。然後抱起苔絲狄蒙娜。

　　全身冰冷的苔絲狄蒙娜此刻又是奧賽羅懷中的戀人了，那凜若冰箱的面容在他眼中是那樣的貞潔。他仰天浩歎：「魔鬼啊，把我從這天仙一樣的美人面前

鞭逐出去吧！讓狂風把我吹捲，硫磺把我燻烤，沸騰的深淵把我沉浸吧！」說着，他用長劍給自己狠狠的一刺。

鮮紅的血噴湧而出，濺在那久經征戰的斗篷上，錚錚鐵漢奧賽羅沒有倒在萬敵叢中，如今卻倒在自己

用愚魯、粗暴鑄成的劍下。他搖搖
晃晃，一步一步地走向苔絲狄蒙
娜。「我的愛人，剛才我曾用一吻
與你訣別，現在，我自己的生命也
在這一吻裏終結了。」說完，他撲
倒在苔絲狄蒙娜身上，艱難地把頭
靠過去，最後腿一瞪，死了。

在場的人無一不為這悲慘的結局而掩面長泣。
一個光明正大，品格高尚的戰士，一個摯愛多情的丈
夫，卻在一個卑鄙小人的唆擺下失去了自己的本性和
理智，這結局是多麼的發人深省。

從威尼斯來的特使當機立斷處理了這件事。那
比痛苦、飢餓和風暴更兇暴的伊阿古受到了法律的最
嚴厲的制裁。凱西奧接替了奧賽羅之職。然而，只要
地中海的波濤一天不平息，這個故事便會一直流傳下
去。

威尼斯商人

一、臭名遠播的商人

屹立在亞得里亞海畔的威尼斯是意大利著名的水上都市。在這個古老的商城裏，有一位善良的商人，叫安東尼奧。他年輕而富有，沉默寡言卻多情尚義。在當今這個追逐金錢的時代裏，他卻仍保留着仁慈的心腸，扶危濟困的古羅馬俠義精神，受到許多人的崇敬。

他特別憎恨同一城市的猶太人夏洛克，因為他靠着把高利貸放給信基督教的商人而大發橫財。他為人刻薄，借錢給你時非常大方，討起債來十分兇惡，弄得人家傾家蕩產。所以，安東尼奧和他勢不兩立。

安東尼奧有一位好朋友叫巴薩尼奧，他是一個貴族青年，小有資產但喜歡揮霍，如今，已把父親留下的家財揮霍殆盡，還欠下了人家的一大筆債，其中最大的債主就是安東尼奧。

有一天，巴薩尼奧又來找安東尼奧了。他有點欲

言又止，因為面對正直而大度的朋友，他覺得慚愧而不安。在安東尼奧真摯的追問下，他終於說出了事情的原委——

離威尼斯不遠的地方有個幽靜的小城——貝爾蒙特，綠蔭深處住着一位有絕世姿容而德性卓絕的姑娘鮑西婭。雖然有無數的求婚者，但她對巴薩尼奧情有獨鍾。巴薩尼奧也深愛着她，但正式求婚需要聘禮等費用三千塊金幣。無奈現在他已囊空如洗，又怎能應付這筆花費呢？這時，他只好求助於慷慨無私的安東尼奧了。

以往一提借錢，安東尼奧總是有求必應，但這一回他卻費煞心思。因為他身邊沒有什麼現錢，他的全部財產都投資到海上貿易去了。他的四艘商船不久前分別開到特里坡利斯、西印度羣島、墨西哥和英國去了。

終於，安東尼奧決定去向朋友借錢。他帶着巴薩尼奧向聖馬可廣場走去，這時，一個老頭迎面走來。他長着栗色的山羊鬍子，頭戴一頂黃帽，一雙淺棕色的眼珠深陷在眼眶裏，滑溜溜地滾動着。陰沉而銳利

的眼光中蘊含着一種吸血的貪婪。那一身破舊寬大的
黑長袍沾滿灰塵，肩上繡着一個大紅十字，這十字是
當時威尼斯元老院給城裏居住的猶太人規定的服飾標
記。他就是臭名遠播的富商夏洛克。

　　巴薩尼奧撇下安東尼奧向夏洛克走去。

　　「三千塊錢，嗯？」夏洛克瞇起尖細的眼睛，
對眼前這個到處欠債，有借無還的窮光蛋充滿反感。

　　「是的，大叔，三個月為期，由我的朋友安東
尼奧為我簽字據。」巴薩尼奧
陪着小心説。

　　「安東尼奧？」一聽到
這個名字，夏洛克的臉煞
時白了，接着，嘴唇浮出一
絲冷笑：「安東尼奧可是個
好人，三千塊我借給你，不
過你得讓我跟他面談。」

　　安東尼奧來到夏洛
克面前，狡猾的夏洛克
卻有意**磨磨蹭蹭**①，反

覆地扳着指頭算利息。安東尼奧皺着眉頭，心裏恨透了夏洛克。猶太人似乎讀懂對方的心事，忽然漲紅了臉忿忿地説：「安東尼奧先生，好多次你在交易所裏罵我借錢給人計利息，罵我是一條能咬死人的狗，往我的猶太衣裳上啐唾沫，瞧，現在你也來求我幫忙。『夏洛克，借三千塊錢給我！』試

----

① **磨磨蹭蹭**：做事拖拖拉拉，動作遲緩，浪費時間。

問一條狗會有錢借給你嗎？哈哈，我現在是否應該向你鞠躬，親愛的先生，為了報答你的好意，我馬上借錢給你！」

安東尼奧沒有理會夏洛克的刻薄，冷靜地回答：「那你不要當作借給一個朋友，就當借給仇人好了。利息一點也不會少你的，到時如果還不上，你儘管照借約來處罰就是了。」

「不，不要發火，我願意交你這個朋友，並且立刻就忘掉你對我的侮辱。你要多少，我就借多少給你，一分利息也不要。」夏洛克說。

安東尼奧為夏洛克這個慷慨的提議大大吃驚。但夏洛克卻說他之所以這樣是純粹為了友誼。他表示願意借出三千金幣但堅決不要利息。不過，安東尼奧必須到律師那裏去，「鬧着玩兒」地簽一張借約：如果到期不還，就罰安東尼奧一磅肉，任夏洛克從他身上哪兒割。

二、真誠相待的朋友

　　巴薩尼奧不願朋友為他擔這個風險，勸他不要簽這張借約。但安東尼奧卻胸有成竹，因為他的商船不日就會回來，那些貨物的價值比借款要大許多倍呢。

　　夏洛克聽到他們之間的爭論，就大聲説：「亞伯拉罕老祖宗啊，看這些基督徒疑心多麼重？我要他的肉有什麼好處，我完全是為了友情，才給他這種寬待呢。」

　　巴薩尼奧得到安東尼奧冒着生命危險，給他慷慨資助以後，由衣着華麗的好友葛萊西安諾陪同，在矇矓月色下乘船離了威尼斯港。

　　幽靜的貝爾蒙特，像一個世外桃園。鮑西婭就生活在這片遠離塵世煩囂的樂土上。她的父親不久前去世了。他把財產、美景留給女兒，同時也留下一道無情的遺言：女兒的求婚者必須在他留下的金、銀、鉛三個匣子中：選中他事先定下的那一隻，才能成為他

的女婿。

儘管眾多的求婚者已在鮑西婭門前的草坪上踏出一條光溜溜的小路，但無一不在三個匣子設下的愛情迷宮面前敗興而歸。

巴薩尼奧同樣要過這一關。

懷着忐忑不安的心情，巴薩尼奧站在三個匣子面前。鮑西婭告訴他：三個匣子中有一個鎖住她的小像，其餘兩個則是魔鬼的像。如果真心相愛，他一定能找到「她」。

金匣子金光閃爍，上面刻着一行蠅頭小字：誰選擇了我，將會得到眾人希求的東西。

銀匣子鋥亮照人，刻的是：誰選擇了我，將得到他應得的東西。

鉛匣子卻是那麼的灰暗粗俗，上面刻着的字叫人不安：誰選擇了我，必須準備作出犧牲。

巴薩尼奧抬起頭，看到鮑西婭一雙燃着愛火的眼睛。啊，為了愛情，我犧牲一切也在所不惜。於是，他毫不猶豫地打開了鉛匣子。一道光亮刺得他頭暈目眩。定睛一看，鮑西婭的像就在裏面。

　　巴薩尼奧和鮑西婭在愛海裏泅游得那麼痛快。巴薩尼奧向愛人坦白了自己的身世：他除了身上的貴族血統外，家裏已沒有什麼值錢的東西了。

　　而鮑西婭也真誠地說：「我只是一位缺少見識的女子，但願意發憤學習，聽從你的教導。父親留下的財產、僕人以及我自己都完全屬於你了。」說着，鮑西婭從白晢纖細的手上摘下一個華光四射的寶石戒指，送給了自己親愛的夫君。巴薩尼奧舉起那泛着橙、綠、黃幾種色彩、璀璨奪目的戒指，對着月亮起誓：如果有一天戒指離開我的手指，那我的生命就一定終結了。在山盟海誓之間，鮑西婭把戒指深情地套入戀人手中。

　　真是雙喜臨門，陪同巴薩尼奧前來求婚的朋友葛萊西安諾，也與鮑西婭的侍女尼莉莎相愛了。他們在見證巴薩尼奧與鮑西婭的愛情時，也公布了自己的愛情。尼莉莎是一個聰慧的姑娘，她的名字的意思是「黑頭髮的姑娘」。她也已送給自己戀人一隻定情戒指。

　　「這是真的嗎？尼莉莎。」鮑西婭很高興地問。

尼莉莎回答：「是真的，只要小姐你贊成的話。」

於是，這兩對戀人準備選擇一個良辰吉日，舉行盛大的婚禮。

兩對戀人沐浴在柔情蜜意的愛的陽光中，日子過得很美滿。但巴薩尼奧卻常常掛念着好友安東尼奧為他冒險借債的事。他坦率地向鮑西婭表白了自己的處境：除了貴族血統外，他不僅一無所有，而且還讓朋友為他向魔鬼夏洛克借了債。賢慧的鮑西婭為戀人的真摯友誼所感動，決定儘快辦完婚事，一起去感謝安東尼奧這位好朋友。

❦ 三、友情的大考驗 ❧

　　這時候，安東尼奧的另一位朋友薩萊尼奧從威尼斯急匆匆地趕來了。他把一封信交到巴薩尼奧手上。巴薩尼奧展開信紙，沒讀上兩行，手便顫抖起來，蒼白的臉上滴着汗珠，最後，他突然發出一聲慘叫，隻手掩着臉抽泣説：「還有什麼比這更悲慘的呢！」

　　這一切逃不過聰敏的鮑西婭的眼睛，她請巴薩尼奧讀一讀來信。

　　巴薩尼奧強忍悲痛地念：

親愛的巴薩尼奧：

　　我出海的貨船全部遇難了！債主上門逼債，家業蕩然無存。借約業已期滿，借款還不上，必須按借約上規定的被割去一磅肉。如此。我難免一死，唯盼在死亡來臨之前與你再見一面。如果我們的友誼不足以

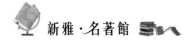

邀你前來，那就不要勉強了。

你的安東尼奧

悲哀是這樣突然地襲向這間一度漫滿歡樂的房子，但鮑西婭沒有讓悲傷的陰影在心靈過久地停留。她的眼睛閃着希望的光彩。對巴薩尼奧説：「親愛的，把事情料理一下，我們立刻到教堂去舉行婚禮，然後到威尼斯去看你的朋友。不就是三千塊錢嗎？我們還他六千，甚至二十倍也可以。我們絕不能讓這樣一位好朋友損傷一根毫毛。」

威尼斯的晨霧繚繞，城市的巨大陰影倒映在縱橫交錯的水巷上，給人一種陰沉的感覺。日夜兼程的巴薩尼奧剛踏足故土，一個不幸的消息就把他擊倒了：原來，可敬的安東尼奧已經**鋃鐺入獄**[①]。

全城人都在議論這場即將來臨的審判。不少的人

[①]**鋃鐺入獄**：鋃鐺，形容鐐銬鐵鍊碰撞的聲音。鋃鐺入獄即意指被捕、坐牢的意思。

寄望於夏洛克良心發現，只是玩一個花招，到最後仍
會放過安東尼奧。但更多的人卻對夏洛克這個冷血動
物不抱什麼僥倖心理。心灰意冷的巴薩尼奧知道後一
種猜測更接近現實。但在開庭前兩天，傳來兩條令人
欣慰的消息：一是本城最高統治者公爵大人準備出席
審判會，親自請求夏洛克收回成命；另一條是，為了
確保法律公證無私地執行，公爵已派人去帕度亞請精
通法律的培拉里奧博士屆時主持公判。

牽動人心的審判終於開始了。

安東尼奧在他的好友巴薩尼奧、葛萊西安諾、薩萊尼奧等陪同下，來到法庭上。

頭髮斑白的公爵大人坐在高高的座位上。他很慈祥又很無奈地看了安東尼奧一眼，然後冷冷地問：「夏洛克來了沒有？」

「來了，大人！」夏洛克把這一天當作隆重的祭典，大清早便候在法庭門口了。此刻，旁聽的人們像避瘟疫似的給他讓出一條路來。

大廳剎時間沉寂下來，只聽到公爵大人又一次極盡耐心地規勸夏洛克，放棄這個殘忍的懲罰。

「殿下，」夏洛克雙眼閃着陰險冷酷的幽光，傲慢地回答，「請你接受我的請求，照約執行處罰，否則我要上告京城。要是問我為什麼不願接受三千塊錢，寧願拿一塊腐爛的臭肉，那我可沒有什麼理由可以奉告。我只能說因為我喜歡！因為我對安東尼奧抱着久積的仇恨和深刻的反感，所以才會向他進行這一

> **知識泉**
>
> 瘟疫：一種急性傳染病，可在短時期內引致許多人死亡。抗生素及疫苗發明後，瘟疫所引起的死亡率已降低。

場於自己沒有任何好處的訴訟。這就是我的回答。」

坐在旁聽席上的巴薩尼奧氣得兩眼充血，他憤怒地揮着拳頭吼道：「冷酷無情的傢伙，我借你三千塊，現在還你六千塊行嗎？」

「即使這六千塊錢中間的每一塊錢都可以變成六塊錢，我也不要！」夏洛克冷冷地説。

一直默不作聲的安東尼奧説：「別跟他爭了，巴薩尼奧！」幾天的鐵窗生活雖然令他容顏憔悴，但靈魂的高潔依然讓他冷靜地面對這場生死搏鬥。「你跟這個猶太人講理，不就像站在海灘上，叫大海的怒濤減低它的奔騰的威力嗎？世界上再沒有比這個夏洛克更心狠手辣的了。別費唇舌了，讓我爽爽快快接受判決，以滿足這個猶太人的心願吧！」安東尼奧昂起頭，安詳的臉上沒有任何後悔與痛苦的表情。

夏洛克冷冷地笑着，他不會忘記，是安東尼奧的樂善好施，常常周濟那些被他逼得走投無路的人，讓他少收幾十萬元。如今，只有送安東尼奧下了地獄，才解心頭之恨，他向公爵大人步步進逼：「請快些回答我，我可不可以拿到這一磅肉？」

公爵說：「我已經差人去請培拉里奧博士來，替我們審判這件案子，如果他今天不來，我有權宣布延期判決。」

公爵長歎一口氣，雖然他已仁至義盡地規勸，但也無法說服這個魔鬼放下屠刀，只好用上這最後一招了。

四、公正的法庭審判

　　旁聽的人們長舒一口氣，正要散去的時候，一個侍衞進來報告：「帕度亞的律師求見。」

　　消息像閃電般震驚了全場，巴薩尼奧激動地對安東尼奧說：「我的老兄，你有救了！」

　　在幾百雙熱切的目光的迎候下，一高一矮兩位金髮青年邁着大步走進法庭。當巴薩尼奧無意把目光投向那穿着黑色律師袍的高個子青年時，心裏不禁猛地一跳，這臉兒似曾相識，這眉眼也像在什麼地方見過，他們是誰呢？

　　矮個子青年向公爵呈上一封信：「殿下，這是培拉里奧博士讓我帶給你的信，他向你致意。」

　　公爵接過信，當庭宣讀：

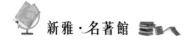
殿下：

　　你的來信收到之時。適逢我重病在身，不能前來，很遺憾。經與從羅馬來的青年博士鮑爾薩澤君談及安東尼奧一案，他願意代我一行。他已經完全理解了我對此案的意見。而且鮑爾薩澤年少才高，實我平生罕見。如蒙殿下接納，一定不負所望。

培拉里奧叩首

　　公爵讀罷來信，仔細端詳了眼前這位眉清目秀，氣宇軒昂的青年律師一番，然後請他審理案件。

　　年輕的律師簡單地詢問了夏洛克與安東尼奧對借約的態度，他們都表示確認。

　　「如果是這樣，按照威尼斯的法律，夏洛克的控告是可以成立的。」律師說，「不過，這位猶太人可否仁慈一些呢？因為仁慈如從天上降到地下的甘雨，施與受的人都能感受到幸福。」

　　夏洛克不理會這一套：「我自己做的事，自己

當！我請求法律允許我執行處罰。」

「既然你堅持，那麼威尼斯的法律只好對安東尼奧定罪了。」律師冷冷地說。

「不，我願意加倍償還！」巴薩尼奧舉着裝滿錢幣的袋子說。他請求法律變通一次，救救安東尼奧的命。

然而，請求被法律無情地拒絕了，律師皺着眉頭說：「任何人也無權開這種改變法律的惡例。」

夏洛克開心地向青年律師歡呼。

律師請夏洛克出示他的借約，在最後的關頭仍然勸他改變主意。

可是，夏洛克已鐵了心。「就是把整個威尼斯給我，我都不能答應。」

律師吩咐人準備割肉的刀子和秤肉的天平。

夏洛克高興得手舞足蹈，不停地奉承年輕的律師。

訣別的時刻到了。安東尼奧滿懷深情地望着淚流滿面的朋友巴薩尼奧。他說出他的心聲：「永別了朋友，不要為我的結局而悲傷，請告訴尊夫人，你曾

經有個真心愛你的朋友。請不要為將要失去朋友而懊恨，替你還債是死而無怨的。把手給我吧，親愛的朋友，再會了。」

大廳裏一片死寂，巴薩尼奧失聲痛哭：「我願意獻出這世上的一切，包括我的妻子，來換你的性命啊！」歎息與哭泣聲漸漸增大，連公爵大人也轉過面去。

　　只有律師異常冷靜。只有夏洛克在得意忘形地把刀子在靴子底下霍霍地磨着。

　　這時，律師捧着大律典走到夏洛克面前開始宣判：「那商人身上的一磅肉是你的，法庭現在判給你！」

　　「公平正直的法官！」夏洛克舉起雙手。

　　安東尼奧的衣襟已被撕開，露出豐滿的胸肌。多少人低下了頭，多少人捂着眼睛，嗚咽聲驟起。

　　律師威嚴的聲音：「你必須從他胸前割下一磅肉來，法律許可你。」

　　「博學多才的法官！判得好！」夏洛克舉起明晃晃的刀。

「且慢。這契約上只寫着割一磅肉,沒有允許你取走他一滴血。所以,如果你在拿肉時,讓這位基督徒流下一滴血,你的土地財產,按威尼斯的法律,全部充公!」

夏洛克一下子沒意識到這話的分量,只是漫不經心地訕笑了一下。但很快便明白是怎麼一回事了,頓時目瞪口呆,死死盯着律師。

這時,人們也彷彿從夢中驚醒,大廳爆發出一陣響亮的轟笑聲。葛萊西安諾學着夏洛克剛才的聲調叫道:「啊!公平正直的法官!」

夏洛克不相信眼前的事實,他輕蔑地説:「法律上是這樣説的嗎?」

律師説:「你自己可以去查個明白。既然你要求公道,我就給你公道,而且比你要求的更公道。」

「那我願意接受還款;照約上的數目三倍還我,放了那基督徒。」

巴薩尼奧連忙舉起錢袋,夏洛克也立刻伸出他那貪婪的手。

「別忙。」律師把錢袋輕輕擋了回去:「你不

是要絕對公道嗎？那麼你只能照約處罰。你動手割肉吧。不准流一滴鮮血，也不准割得超過或是不足一磅肉。要是相差一絲一毫，就要把你抵命，財產全部充公！」

大廳內歡聲雷動。安東尼奧想不到自己的命運，能在這位年輕的鮑爾薩澤律師手中瞬間扭轉，他已看到生之光明了。

「噹」的一聲，刀子被夏洛克憤憤地甩在地上，他感到自己受了捉弄。他怒火萬丈地咆哮：「把本錢還給我，放我回去。」說着，想去搶巴薩尼奧的錢袋。

「夏洛克，除了你冒着自己生命危險割下那一磅肉之外，你不能拿錢，一分錢也不准拿。」

五、心術不正者的報應

　　夏洛克知道自己已徹底輸掉這場官司，他企圖置安東尼奧於死地的慾望破滅了。他一邊叫道：「我不打這場官司了，讓魔鬼保佑他去享用這些錢吧。」一邊向門外走去。

　　但是，士兵卻把他攔住了。

　　「等一等，夏洛克，法律還有一點牽涉你。威尼斯法律規定：凡一個異邦人企圖用直接或間接的手段，謀害任何公民，查明實據者，他的財產一半應歸受害者所有，其餘一半沒入公庫，犯罪者的生命由公爵處置。現在，你已落入這條法網。因為事實已足以證明你運用直接和間接的手段，危害被告的生命……」

　　大廳的人們都被這無懈可擊的雄辯震服了。巴薩尼奧為律師智慧的心靈感動，安東尼奧則更欽敬他的周密謀劃。

　　絕望的夏洛克走投無路，連滾帶趴跪到公爵腳下，叩頭求他開恩。

　　公爵便決定饒恕他的死罪。同時把他財產的一半歸安東尼奧，一半入國庫充公。

　　大廳裏頓時歡聲雷動，夏洛克癱軟在地，沒收了他的財產，無疑奪去他的性命。

　　這時，站在被告席上的安東尼奧發話了，他只願意接管夏洛克的一半財產而不是接受，他希望夏洛克死後，能把財產交給他的女兒和女婿，並要他寫下契約。因為前段日子她的女兒和一位男子未經他同意便結婚了，他曾發誓不認這個女兒。

　　夏洛克答允了這一切後，藉口說不舒服，悻悻地離去了。

　　公爵大人非常感謝鮑爾薩澤，盛情邀請他到自己的府邸去。鮑爾薩澤卻推說還有急事，要當晚趕回帕度亞。

　　這時，巴薩尼奧不失時機地走上前去，恭敬地送上錢袋說：「最可敬的先生，今天全賴你的智慧，才使我和我的朋友免去一切無妄之災；這三千塊錢原本

預備還給那個猶太人的，現在作為小小謝禮，報答你的辛勞吧！」

「別談什麼酬謝吧，一個人做了心安理得的事，就是最大的滿足了。但願日後再次見面時，兩位仍舊認識我就萬幸了。」鮑爾薩澤向他們拱手告辭。

巴薩尼奧殷切地向前一步，説：「那麼就請在我們身上拿去一點什麼東西作個紀念吧！」

安東尼奧眼中閃着激動的淚光説：「你的大恩大德我們永生難忘啊！」

律師猶豫了一下説：「那麼請安東尼奧先生把你的手套給我吧！」然後轉向巴薩尼奧，望着他手上那隻閃射着紅光的鑽石戒指：「讓我把你的戒指要去好嗎？既然是一片盛情，想來你一定不會拒絕我吧？」

巴薩尼奧像被火灼了一下似的把手縮了回去。本來這個要求並不過分，但他曾在皎月之下發過誓言：如果有一天戒指離開我的手指，那我的生命就一定終結了。

「這戒指不是什麼值錢的東西，可因為它有着重要的意義，我另外送你一枚更貴重的好嗎？」巴薩尼

奧尷尬地説。

「先生，你原來是個口頭上慷慨的人，先教我如何伸手求討，然後再告訴我叫化子將得到怎樣的回答。」鮑爾薩澤慍怒地拂袖而去。

巴薩尼奧多麼不願意被人看成是偽善者，他壓抑着激動解釋道：「好先生，這指環是我妻子給我的⋯⋯」

鮑爾薩澤卻用不信任的語調反駁他：「人們在吝嗇他們的禮物時，都可以用這樣的**托詞**①。如果尊夫人不是一個瘋婆子，她會知道我對這指環是多麼的受之無愧！」説完，頭也不回地離去了。

安東尼奧不能理解朋友的吝嗇，他請求巴薩尼奧看在他的分上，違犯一次夫人的命令。巴薩尼奧只好脱下戒指，交給葛萊西安諾，讓他追上去交給恩人。

葛萊西安諾不辱使命，但奇怪的是，與律師同來的那位青年，也把他的妻子尼莉莎送的訂婚戒指要去了。

①**托詞**：假借理由推託事情。

六、人間可貴的感情

月色中的貝爾蒙特，微風輕輕吻着樹影，枝葉在一片皎潔中竊竊私語。鮑西婭和她的侍女走在歸家的路上。就在剛才，她去完成了一個重大的勝利，此刻正沉浸在無比的喜悦中。

就在她們走進家門，行裝甫卸之時，門外響起了喇叭聲。這是巴薩尼奧的喇叭聲，鮑西婭趕忙迎出門去。

安東尼奧跟着巴薩尼奧來看鮑西婭。和興高采烈的朋友相反，巴薩尼奧卻心事重重，因為他在無可奈何之際失去了愛妻贈予的戒指。

然而，鮑西婭似乎還未察覺呢，她對丈夫充滿柔情蜜意。

這時，葛萊西安諾與尼莉莎卻發生了爭吵：「憑着月亮起誓，我把指環送給那個跟隨律師的小書記官了。」

尼莉莎卻是一副傷心欲絕的樣子，鮑西婭也過來責備葛萊西安諾，不該把妻子的第一件禮物隨便給人，她滿懷信心地說：「我曾經送給我丈夫一個指環，他發過誓，即使用世間所有財富同他交換，他也不肯丟掉呢。」

「是巴薩尼奧先生先把指環送給那位律師的！」絕望的葛萊西安諾衝口而出。

「天哪！不會是我送的那個吧！」鮑西婭驚叫道。

誠實忠厚的巴薩尼奧點了點頭，垂下了腦袋。

「虛偽呀，你的心簡直沒有一絲真情。我對天發誓，你找不回指環，我們便各分東西。」鮑西婭激憤異常。

尼莉莎也抽泣地附和着，兩位丈夫只好默不作聲地承受着妻子的審判。

安東尼奧滿懷歉意地上前勸解：「都是我不好，引出你們這一場吵鬧。」

鮑西婭卻溫和地對他說：「先生，這跟你沒有關係，我們非常歡迎你。」

巴薩尼奧百詞莫辨，他知道任何解釋都不起作用了。只好流着淚對妻子真誠地説：「原諒我這一次錯誤吧，憑着我的靈魂起誓，我以後再不違背對你發出的誓言了。」

曾經為了巴薩尼奧的幸福而用自己身體作抵押的安東尼奧，也再一次願意立一張契約，用靈魂為朋友擔保。鮑西婭終於被安東尼奧的大義感動了，她從自己手上褪下一個指環，交到安東尼奧手上説：「那麼，就請你叫他好好保存，不要再丟失吧！」

巴薩尼奧接過戒指，頓時驚住了。月光下的這枚戒指上的鑽石閃射着鮮艷的紅光：「天哪，這不正是我送給那法律博士的嗎？難道……」他緊緊盯着妻子，一個從未想過的念頭飛馳腦際。

鮑西婭和尼莉莎忽然開懷大笑。笑聲那麼甜脆，那麼悦耳，三個男子漢頓然明白了。法庭上

那個執法如山，智勇雙全的律師正是鮑西婭。至於書記官——葛萊西安諾一把摟着尼莉莎親了起來。

一個充滿神奇色彩的故事由鮑西婭娓娓道來：

原來，公爵大人要請的培拉里奧律師正是鮑西婭的表兄。在徵得表兄的同意及支持後，她和尼莉莎

喬裝打扮一番，親自上威尼斯處理了這個案件。後來為了考驗丈夫對愛情的忠誠，還臨時想出了要指環的妙計，並立即登程，趕在他們之前回到貝爾蒙特的。

接着，鮑西婭又把一封信交給安東尼奧，信中帶給他一個特大的喜訊：「遇難的船其實只有一艘，其餘幾艘滿載而歸，而安全抵達威

知識泉

鑽石：又稱金鋼石。是一種純碳組成的礦物。硬度是物質中最高的，可用於切割玻璃或岩石。由於折射率高，加工研磨後，可將外光全部反射而放出美麗光彩，因此被視為貴重寶石。

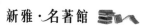

尼斯港了。」

　　這時，朝陽正從東方升起，金色的陽光把滿天雲霞織成五彩錦緞，經過生死考驗的幾位真誠的朋友，此刻心中都充滿了激情，他們深深懂得：在真摯的友誼與純潔的愛情面前，金錢顯得多麼的蒼白無力。人間最可貴的是忠誠和大義。如果説金錢還有它巨大的威力的話，那就是，讓它的狂熱追求者身敗名裂。

1. 如果你的至親犯了罪，你認為應該怎樣做，才可以真正幫助他呢？

2. 《王子復仇記》這個故事有哪個情節是你特別感受深刻的？

3. 試想想，愛上仇人的子女，將有可能面對什麼難題？為什麼？

4. 你喜歡《羅密歐與茱麗葉》的結果嗎？如果結局由你來改寫，你會怎樣做？

5. 奧賽羅由絕對相信妻子，到逐漸不安、懷疑，你認為令他有這種改變的最主要原因是什麼？

6. 你認為我們可以怎樣應付像伊阿古這種愛搞破壞的人呢？

7. 你覺得夏洛克說如果安東尼奧沒法還錢，便要割他的肉是「鬧着玩」的嗎？為什麼？

8. 法庭上那位年輕律師向夏洛克提出的要求，你認為合理嗎？為什麼？

戲劇是演員將某個故事或情境，以對話、歌唱或動作等方式表演出來的藝術。戲劇有四個元素，包括了「演員」、「故事」、「舞台」和「觀眾」。「演員」是其最重要的元素，他是角色的代言人，透過演員優秀的角色扮演，劇本中的故事才得以呈現於觀眾面前。

戲劇的表演形式可多呢，由於文化背景不同，不同國家民族所產生的戲劇也有分別。香港人較熟悉的有話劇、歌劇、舞劇、音樂劇等。隨着時代的進步，現代戲劇強調舞台上下的互動，即要令觀眾跟台上的表演者打成一片，所以加入的道具、燈光、音效等越來越豐富。

根據不同的分類標準，戲劇可以分成不同的類型：按容量大小，戲劇文學可分為多幕劇、獨幕劇和小品；按題材，可分為神話劇、歷史劇、社會劇、家庭劇等；按戲劇衝突的性質，可分為悲劇、喜劇、悲喜劇和黑色喜劇等。

莎士比亞
(William Shakespeare) (1564 - 1616)

英國伊利莎白一世（1533至1603）時代，正值英國文藝復興時期，人才輩出，無論在文學或藝術上，都成績斐然，而其中又以劇作家和詩人莎士比亞為最重要的代表人物。

莎士比亞生於1564年，幼年家貧，22歲遷居倫敦，1590年到1613年是莎士比亞創作的黃金時代。最初他在劇場內當演員，後來為劇場修改古代戲曲，最後更自己創作劇本，供劇場演出。由他創作的戲劇作品共37部之多，在世界各地均有各種譯本，人們演出的次數，遠遠超過其他任何戲劇家的作品。

莎士比亞一生所創作的劇本，分為喜劇、悲劇和歷史劇三大類。他剖析人性刻劃入微，作品既富幻想、熱情，更充滿機智、幽默、同情和真切的哲學。喜劇《威尼斯商人》、《仲夏夜之夢》，悲劇《奧賽羅》、《王子復仇記》、《羅密歐與茱麗葉》，以及歷史劇《凱撒大帝》、《亨利第六》等等皆極受大眾喜愛。他的作品對歐洲文學和戲劇的發展均有重大的影響。

新雅‧名著館

莎士比亞故事

原　　著：莎士比亞〔英〕
撮　　寫：劉小玲
繪　　圖：李亞娜
策　　劃：甄艷慈
責任編輯：黃婉冰
美術設計：何宙樺
出　　版：新雅文化事業有限公司
　　　　　香港英皇道 499 號北角工業大廈 18 樓
　　　　　電話：(852) 2138 7998
　　　　　傳真：(852) 2597 4003
　　　　　網址：http://www.sunya.com.hk
　　　　　電郵：marketing@sunya.com.hk
發　　行：香港聯合書刊物流有限公司
　　　　　香港新界大埔汀麗路 36 號中華商務印刷大廈 3 字樓
　　　　　電話：(852) 2150 2100
　　　　　傳真：(852) 2407 3062
　　　　　電郵：info@suplogistics.com.hk
印　　刷：中華商務彩色印刷有限公司
　　　　　香港新界大埔汀麗路 36 號
版　　次：二〇一六年四月二版
　　　　　二〇一九年四月第二次印刷